本能寺から始める信長との天下統一

HONNOUJI KARA HAJIMERU NOBUNAGA TONO TENKATOUITSU

常陸之介寛浩
イラスト／茨乃

鶴美
「私には私の意地があるのよ！
絶対抱かせるんだから」

ローハー♪』
ラララ
リリリ

「鹿島神道流、奥之秘剣・一之太刀・雷神」
黒坂真琴
『

本能寺から始める信長との天下統一 6

常陸之介寛浩

OVERLAP

目次

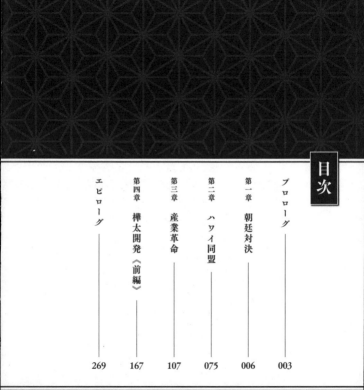

プロローグ

《あるかもしれないパラレルワールドの未来》

「常陸《ひたち》時代ふしぎ発見！」

大きな青々とした一本の木を背景に、おなじみの歌が流れると、グループ企業６０９４社の社名が字幕で高速に下から上へと流れ映った。

『この番組は、世界の人々に平等の幸せ、便利と豊かさのお届けを企業理念とし、自然保護にも力を入れている世界最大企業、株式会社常陸技術開発研究製作所グループの提供でお届けします』

おなじみの番組スポンサーのＣＭが流れ、人気のクイズ番組は始まった。

「皆様こんばんは、今週の常陸時代ふしぎ発見は安土《あづち》幕府副将軍、大納言黒坂常陸守《くろさかひたちのかみ》真琴《まこと》の政策により、日本国となった樺太《からふと》、千島列島にスポットを当てていきたいと思います。

今週は２０００回記念生放送、特別ゲストをお呼びしました。動物愛護保護庁大臣で長年、大変多くの動物と生活してきた、畑山ワラスボ先生と共にお送りしたいと思います。白柳さんともパンダ保護で大変親交があると聞いておりますが？」

「そうですわね、畑山先生は笹《ささ》まで美味《おい》しそうに食べていましたわね、笹は美味しかったですか？」

「お～よしよし、緊張してまちゅね～大丈夫でチュよ」

　解答者席に座る白柳鉄子から話題を振られた畑山ワラスボの胸には、まだ子どもの樺太犬が抱かれており、キャンキャンと興奮しているのを口を吸うようにして舐《な》めあやしていた。

「う～樺太犬良いですよね。僕も飼いたいんですが、うちは秋田犬一頭が精一杯で」

「野々町君の家では、大型犬一頭が精一杯ですよね」

　マッチョでダンディーな司会者も樺太犬を和やかに見ながら話していると、

「草山さん、早う問題にいきましょか？　いつまでも話が進みまへんがな、和んでいたらあきまへん。今日は編集が利きまへんから」

「坂西さんはせっかちですね。それに猫派ですもんね」

「猫はええですよ。ゴロゴロゴロゴロと家で見ていて飽きまへんで」

「猫も勿論《もちろん》、良いですよね。猫の良さも語りたいところではございますが、坂西さんが言うように、本日は生放送、時間も限られていますので問題にいきたいと思います。樺太開発と共に動植物保護、自然保護という矛盾した政策を成功させた黒坂真琴、その初めての上陸から見ていきたいと思います。常陸時代ふしぎ発見！」

　スタジオから映像が変わると、竹外ベテランミステリーハンターが野天風呂に水着姿で浸《つ》かっていた。

「皆さん、失礼して温泉に入らせて貰《もら》ってます。ここ千島列島や樺太では温泉が湧き出しているところが多く、このように軽く掘っただけの野天風呂が各地に作られています。あの黒坂真琴も、この温泉を好んで入ったと言われております。今では、それを利用して夏場の避暑地、湯治場として本州からの観光客で賑《にぎ》わっております。これも温泉好きの黒坂真琴が推奨したからと言われております。良いお湯ですよ。さて、ここからが問題です。黒坂真琴はアイヌなどの先住民の方々と共存の道を模索することから樺太開発を始めました。黒坂真琴はどうやって先住民と共存をはかったでしょうか？」

　再び、スタジオに映像が切り替わると、樺太犬の子犬が10頭に増え、スタジオで大暴れしていた。

「うわ〜かわいい」

「野々町君、そんなこと言ってないで捕まえるのに手を貸してください」

　マッチョでダンディーな司会者が慌てるという珍しい姿で、微笑《ほほえ》ましい光景となっていた。

第一章　朝廷対決

《とある京屋敷》

「このままでは朝廷は蔑《ないがし》ろにされ、帝《みかど》の地位すら危ういでおじゃる」

「関白様、この藤原 泉進朗《ふじわらのせんしろう》に任せてくださるでおじゃる」

「なにか考えがあると申すでおじゃるか？　少将」

「織田《おだ》家の要は黒坂家、おぼろげに策が浮かんできたでおじゃる。織田信長《のぶなが》不在の今が好機と思いまする。幕府を裏で操る大納言黒坂常陸をおとしめれば、織田家に恨みを持つ者を動かしやすくなるでおじゃる」

「はて？　おぼろげ？　まぁ、それはよかろう。大納言、噂《うわさ》では陰陽道に精通し剣もまた織田家中で一二を争うとか、藪《やぶ》を突《つつ》いて大蛇が出ることはないでおじゃろうな？」

「その時は、公家《くげ》一の我の剣で始末するでおじゃるよ。先《ま》ずは鼻先を折るのに内裏に参内を命じてくださいでおじゃります」

「藤原少将の剣……わかったでおじゃる。おことに任せるでおじゃる」

◇　◆　◇　◆　◇

1589年12月

出産も落ち着き、笠間《かさま》城問題も一息吐《つ》いた頃には、すでに年の瀬となっていた。

茨城では珍しく小雪が舞い散っている。

史実江戸期の寒冷期『マウンダー極小期』が近づいているのを表しているようで冬の訪れは早い。

そんな寒い冬でもストーブで暖かい茨城城内で武丸《たけまる》、彩華《いろは》、仁保《にほ》はすくすくと育っている。

先日、年の瀬恒例行事の餅つきを済ませたが、その餅のように我が子達《たち》のプニプニした腕や足をムニュムニュ触るのが今一番の楽しみ。

赤ん坊の、このタイヤのキャラクターのようなプルプルした腕や足は気持ちが良い。

武丸の腕をムニュムニュしても、さほど反応せずムスッとして俺の目を見つめるだけだが、彩華に同じことをすると怒ったように泣き、仁保にすればキャッキャッと笑顔で喜んでくれた。

俺の子でも母親が違うと個性がかなり違うようだ。

しかし、やることも多い日々のため遊んでばかりはいられない。

しばらく登城していない安土にも用がある。

らず。


織田信長が現在、海外に出てしまっているが、幕府序列二位副将軍の立場はなんら変わらず。

その為《ため》、たまには登城しないとならない。

普段は安土には名代として森力丸《もりりきまる》が行き来しているのだが、少々直接頼みたいこともある。

織田信長不在時の上役は勿論、征夷大将軍《せいいたいしょうぐん》の織田信忠《のぶただ》だ。

織田信長が異国の地で、もしなにかあっても、織田信忠を支えると決めている。

取って代わろうという野心は一切なく、それを見せねばならない。

家臣ではないという微妙な立ち位置でも幕府の職に就いている俺は、平成の会社で喩《たと》えるなら、関連会社の社長？　外部から来た社外取締役といったところだろうか？　そんな立場の俺だが、織田家から与力として来ている、森力丸・前田慶次《まえだけいじ》・柳生宗矩《やぎゅうむねのり》・真田幸村《さなだゆきむら》・山内一豊《やまうちかずとよ》・藤堂高虎《とうどうたかとら》、それと狩野永徳《かのうえいとく》のことで織田信忠に頼みがある。

むすっとする武丸を抱きながら茶々《ちゃちゃ》に相談。

「家臣達のことで信忠様に頼み事があるから、安土の城に行ってくるが、留守を頼めるか？」

「勿論でございますが、安土に行かれるなら松様《まつ》を送って行ってさしあげてください」

「そうだな、松様にはついつい甘えてしまった。送り届けよう」

前田利家《としいえ》の妻・松様は、お市《いち》様と一緒に茶々達の出産に手を貸してくれ、その後も養育の手伝いをしてくれていた。

　4か月も甘えてしまった。

　義母であるお市様は、しばらくは茨城城に居るとのことなので松様に、

「安土に行く用があるので、一緒にいかがですか？　送らせていただきます。本当に長い間甘えてしまって申し訳ないです」

「今更改まってなんです。私もあなたの義母ですわよ。『未来』が楽しみですわよね。本当、『未来』が見て見たいわ。ね、千世《ちよ》」

「母上様〜帰るのですか？」

「寂しい？」

　すると松様の膝の上から俺の膝の上に移動してちょこんと座り、

「未来の旦那様がいるから大丈夫ですよ。与祢《よね》ちゃんもいるし、お江《ごう》様とか桜子《さくらこ》ちゃんとか優しいもん」

　やたらと『未来』を強調して言う松様と千世。感づかれてしまったか？　気にしすぎか？　それより、今は、

「まだですからね！」

「はいはい、わかっています。16歳でしたね。まどろっこしいですが仕方ないでしょう。それまでは千世は居候として、よろしくお願いします。ですが千世との間に子が出来たら『未来』なんてどうでしょう？」

「……うっ、はい」

松様、微妙に脅してきている？　目に込められた威圧感が凄《すさ》まじい。

前田利家、そして、前田慶次が恐れるだけある。

しかし、千世は実際よく懐いてくれて、まだまだ子供ながらも学校で勉強に勤《いそ》しみ、自分も大きくなったら国の発展のために働きたいと志を持ち始めている。

なにより、松様に似て美人確定。茶々も千世と山内一豊の姫、与祢を将来の側室候補と認めている。

断る理由が少しずつなくなってきている。

外堀を埋められたというやつだろう。

「数年したらちゃんと返事しますから。ちゃんと育つように、お預かりはいたします」

「ふふふふっ、まあ良いでしょう。さて、一段落もいたしたことなので帰らせていただきましょう。そろそろ帰らないと、うちの旦那様も側室、増やしていそうだし」

笑顔の裏側に恐《こわ》いオーラが見え隠れしていた。

利家さん頑張って！　と、心の中で応援した。

安土には、いつも通りに南蛮型鉄甲船で向かう。

同行する家臣は森力丸、柳生宗矩、伊達政道《だてまさみち》、最上義康《もがみよしやす》。それにお江と小糸《こいと》と小滝《こたき》も同行する。

「側室を連れて行かないとまた増えそうだから連れて行きなさいよね！　それにもし長逗《ながとう》留《りゅう》となったら、お体のことをちゃんと見ている者がいないと、真琴《まこと》様すぐ無理するから」

お初《はつ》は俺をよく見ている。

茶々もそれに同意して、お江、小糸、小滝に同行を命じた。

「うっ、また船旅、酔い止めまだ出来ていないのに、父上秘伝の眠り薬で……」

小糸は、なにやら薬の調合をしていたが間に合わなかったようだ。

お江は船に慣れているが、小糸はまた酔ってしまい怪しげな薬を飲んで、白雪姫？　キスでもしないと起きないのでは？　そう感じるくらい熟睡していた。

安全なのだろうか、この薬は？

「大納言様、姉様のことは心配しなくてよかっぺよ。あっ、ごめんなさいでした」

「ははははっ、良いって言ってるじゃん。んだから、家族になったんだから言葉使いなんて気にすっことねかっぺよ」

「あははっ、大納言様もお言葉お国訛《くになま》りになっているでした」

「お国訛り、通じるくらいなら全然良いと思うよ。さて、もうすぐ着くからね」

鹿島港を出港して3日で大阪城港に入港、一泊して近江《おうみ》大津城下に造られた浅井《あざい》家の菩《ぼ》提《だい》を弔う寺に寄り、お参り。

義父・浅井長政《ながまさ》と浅井家先祖代々と書かれた位牌《いはい》に子孫の誕生を報告して、安土《あづち》城に入城した。

その間、小糸は寝続けていたが小滝が大丈夫だと言うので任せ、輿《こし》で運んだ。

安土城内にある俺の屋敷は留守居番の家臣達が綺麗《きれい》にしてくれている。

「松様、本当にいろいろとお世話になりました。この御礼《おれい》は改めていずれ必ず」

屋敷が隣同士なので、前田邸に入ろうとする松様に門前で礼を言うと、

「なに、毎日美味《おい》しい物を食べられたのですから御礼などいりませんよ。それに彩華姫ですか？　仁保姫ですか？　どちらにせよ、織田家のお世継ぎ、三法師《さんぼうし》様の嫁となる姫様の御世話を出来たことは、三法師様守り役である前田家にとっても良きことなのですから、お気になさらずに」

「本当にありがとうございます」

深々と御辞儀をすると、

「ほら、大納言様なのですから、そのようなことをせずに、胸を張って『世話になった』と偉ぶってください。それとも常陸《ひたち》様が知る先の世の文化では、そのように致すのが普通だったのですか？」

「松様、やはり気が付いているのですね？　ですが、そのことは絶対に口外しないでください。もし口外するのなら松様でも……」

「わかっていますわよ。未来の娘婿に斬られたくなんかないですもの。それにこれは楔《くさび》です。千世を貰《もら》っていただくための。大体、うちの殿に話したところで笑われて終わりですわよ。利家様はそのような話は信じませんからね。それに他家に話してなんの得になりま

す？　お市様からもすでにそれとなく釘《くぎ》をさされていますわよ。ほら、もう良いですから行ってください。常陸様の秘密を口外するほど私は愚かではありません。安心して、ほらっ」

バンッ

俺の尻を勢いよく叩《たた》き屋敷に帰って行った。

もの凄《すご》く痛い、尻が二つから四つに分裂しそうなほど痛い。

う～これが慶次が恐れる理由か？　恐ろしい松様の尻叩き。

秘密を知られてしまったが松様なら、まず間違いないだろう。

約束を違《たが》える方ではなく、うちと仲良くすることで前田家を盤石なものにしようとしている。

利用されているわけではないが、俺との仲を上手《うま》く使っている。

俺も前田家は慶次も含めて上手く活用しているので、持ちつ持たれつの関係性になってきている。

「佐助《さすけ》、聞いていたのだろうが、松様には手出し無用。良いな」

「はっ」

「お江もな」

「わかってるよ～流石《さすが》に松ちゃんは勝手には殺さないから安心して」

お江や家臣の忍びは、俺の秘密を探ろうとする者は容赦なく始末している。

松様への手出し無用と命じて屋敷に入り、その日は休んだ。


「うぅぅぅ、おっ、ここはどこだっぺ？」

「姉様、薬調合失敗でした」

「え？」

「もう何日も寝続けて、薬強すぎますでした」

「あらやだ、私としたことがって、ここは？」

「黒坂《くろさか》家安土屋敷でした」

「成功じゃない。寝て到着するなんて、ふわぁぁぁぁぁぁ、よく寝た。それにしても、体があっちこっち痛いわね。寝ている間、大納言様、私のこといじりこんにゃく？（もの凄く可愛《かわい》がる、もの凄くいじくるの意味）」

「してません。心配していたでした。姉様が体痛いのは単なる寝過ぎだと思うでした」

小糸達の話し声が聞こえてきたので、見に行くと、小糸はボサボサ頭で気持ちよさそうに大きくあくびと背伸びをしていた。

「小滝が心配の必要がないって言うから任せていたけど、本当に大丈夫なの？　どんな薬？　なに入れて使ったの？」

「心配させてしまって申し訳なかったわね、でれすけ。寝ている体好きにして良かったのよ」

「嫁でもそんなことはしないから！　っとに俺をどんな変態と思っているんだよ！　それより、本当に薬何使ったか教えてよ」

「薬は曼荼羅華《まんだらげ》を少々くわえてみたのよ」

「曼荼羅華！　華岡青洲《はなおかせいしゅう》、うちにいたーーーーー！」

「五月蠅《うるさ》いわね、寝起きの頭にひびくわよ、でれすけ、誰よ？　その『はなおかせいしゅう』って聞いたことなかっぺよ」

「姉様、口の利き方」

「良いから、小糸の口の悪さが個性なのはわかっているから」

「眠れないとき用に調合してあげるわよ？　睡眠こそ体を休める極意、でれすけ用に上手く作るわよ」

「ほら、実は俺の体を気づかってるじゃん、はははははっ、それは良いとして、その薬、傷の縫合や病巣切除に用いられるように研究を重ねて『麻酔』となるように頼むよ。自分自身に実験しちゃ駄目だよ。ちゃんと動物実験から重ねて、死罪が決まった罪人で試して」

「わかったわよ。って、そういう新しい発想は流石に惚《ほ》れた男だけあるわ」

「はははははっ惚れられた男、はははははっ」

「うっせ、調子にのんな、でれすけ！」

ビシッと小糸が俺の尻を叩くと、小糸は小滝に怒られてた。

「姉様！　駄目です。母上に言いつけますでした」

「うぅぅ、それはやめて。母上、恐い」


曼荼羅華、別名・朝鮮朝顔を主原料に数種類の薬草を組み合わせて、華岡青洲が『麻酔』を開発する。

確か1800年代のことだが医療改革も推進したいので、小糸、小滝姉妹に任せてみよう。

倫理的に問題が大きいかもしれないが、死罪と決まっている罪人を人体実験に使い、麻酔の開発は絶対にしなければ。

ここは心を不動明王のごとく強く持たねばならぬ時。

多くの者を救済する医療改革に犠牲は付き物。

その先にある多くの者が救われる世のために。

◇　◆　◇　◆　◇

織田信忠《おだのぶただ》に会えるよう登城の予約をすると、翌日の登城が許された。

織田信忠は安土城の第二天守、観音寺山城を居城としている。

安土城は天正大地震を機に大きく改築増築が進み、安土城とその向かいにある観音寺山城の二城で構成されている。

ヨーロッパのような高い塀で囲まれた城塞都市ではないが、水運に使う水路が水堀として蜘蛛《くも》の巣状に広がり、その外側に土塁と空堀が今でも工事が進められている。

町全体を守る巨大総構えの城。

信長《のぶなが》が不在でも、織田信忠が安土城天主を居城としていないのは、安土城の主《あるじ》はあくまでも信長である！　と、いう現れであった。

そんな観音寺山城は安土城に負けず劣らず豪華な城で、郭《くるわ》には稜堡《りようほ》式も取り入れた堅牢《けんろう》な守りを持つ。安土城が織田信長の象徴の城なら、こちらは織田家守りの要城と言える。

登城するとすぐに天守最上階に案内された。

俺が自ら望んで登城するということは、なにかしら秘密の話があると思われるからだろうが、今日は特段、未来の知識や新兵器などの話はしない予定。

案内された天守最上階に入室が許されたのは俺と森力丸《もりりきまる》だけ、

「御大将は気が抜けると、口走る癖がありますから、公方《くぼう》様にお頼み申しました。御大将の癖に気が付いていているようで笑っておられましたよ。少し気を引き締めてください」

「うっ、うん、気をつけるよ」

入室して十五分程すると、織田信忠が入ってきた。

俺と力丸は畳に額を付けるくらいにひれ伏すが、

「常陸殿、あなた様は家臣にあらず。父上様の客分にして義兄弟、そのようにいたさなくても。以前、申したように私にとっても父上様同様、常陸殿は命の恩人。あまりかしこまられると私が困ります。どうぞ楽になさってください」

頭を上げるように言われてしまった。

「それにしても珍しいですね、自ら進んで安土に来るとは」

「えぇ、頼みたいことがありまして。かなり無理なお願いで」

「おや、それもまた珍しい。『常陸は多くを望まぬからな！　だが、望むことあれば話はよく聞け。理解出来ない話なら、よくよく説明して貰え。そして、その頼みは出来る限り聞いてやれ』と、父上様が申しつけて旅立ちましたので出来る限りは致したいのですが領地加増ですか？　それとも金ですか？　それとも女子《おなご》？」

「それは、もう十分ですよ。特に嫁はキャラ被《かぶ》りするくらい溢《あふ》れてますから、もう良いですって。頼みたいことは家臣のことで」

「家臣？　与力を増やしますか？　何某《なにがし》が良いか申してくれれば命じますが？」

「いえ、今、与力として派遣してくれている、森力丸、前田《まえだ》慶次《けいじ》、柳生宗矩《やぎゅうむねのり》、真田《さなだ》幸村《ゆきむら》、山内一豊《やまうちかずとよ》、藤堂高虎《とうどうたかとら》を直臣に致したいので黒坂家転籍を認めていただきたく、お願い申し上げます。特に藤堂高虎は打診したのですが、渋っているので将軍家の上意として命じて欲しいのです。無理を言っているとは思うのですが、常陸の国の城をそれぞれ任せているので、直臣に致し常陸国に根を下ろして欲しいのです。それともう一つ、狩野永徳《かのうえいとく》も直臣に致したことの報告を」

俺の重臣の森力丸・前田慶次・柳生宗矩・真田幸村・山内一豊・藤堂高虎は、織田家から派遣されている『与力』という身分。証券会社に出向を命じられた目力が強い復讐《ふくしゅう》に燃えたぎる銀行マンみたいな状態だ。

それと絵師・狩野永徳は織田信長から派遣された臨時の派遣社員。

俺も給金・領地は渡しているが、基本的な主家、依頼主は織田家のままが続いていた。

「かの者達《たち》は、まだ与力でしたか？　森力丸以外は認めましょう。とっくに黒坂家の家臣だと思っていましたが」

「力丸は駄目ですか？」

「申し訳ないが常陸殿の監視をする役目が森力丸にはありますから。これは他の家臣達から反発の声を抑えるためです。父上様の側近に蘭丸《らんまる》と坊丸《ぼうまる》がいますからね、その弟が監視役なら口に出して不満を言えませんから」

「御大将、私は上様や公方様、織田家と黒坂家の架け橋。どうか御理解を」

「そうか、仕方がないか。俺、中途半端なのはわかっているから。家臣じゃないのに幕府の要職に就いていて、あんなに多くの領地を任されて南蛮型鉄甲船も配備されている。特別待遇を妬む大名もいる。さぞ、根も葉もない謀反の噂《うわさ》を耳に入れてくるわけですね？」

ため息交じりに言うと、

「そういうことです。森力丸、武蔵守信澄《むさしのかみのぶずみ》に監視させていると言い含めています。父上様の代の家臣は頭が固くて、なりません」

「面倒掛けて申し訳ないです」

「常陸《ひたち》殿が謝ることではないですよ。それにあなた様は何かと幕府の面子《メンツ》を考えていると力丸からは聞いていますから」

俺が考えついた政策や法度は必ず幕府から命じて貰う形を取っている。

そのことを言っているのだ。

「気にすることはありません。未来の知識は他の者からは得られない。それを日本国の繁栄の為《ため》に使っているのですから。しかし、家臣でもなく私の義兄弟、そして三法師《さんぼうし》の嫁の父親になるわけですからね、確かに中途半端、これからもっと妬まれますぞ」

「三法師様の嫁の件は信長様との約束なので守りたいのですが、娘は常陸で育てた後に、頃合いを見計らって三法師様と見合いをして、どちらにするか決めていただく方法をお願いしたいのです。よろしいでしょうか？」

「姫二人お生まれでしたね。要は両者が気に入った方を嫁にするということですか？　女子を大切にすると噂名高きことは耳にしています。良いでしょう。織田家と黒坂家の縁が深くなれば良いだけのことですから、お約束いたします。それと、森力丸ですが、下野《しもつけ》を与えます」

「えっ！」

「えっ！」

二人で驚くと、

「はははははっ、下野はいずれ常陸殿にと父上様は思っていたのですが、常陸殿は領地はかえって迷惑なのでございましょ？　なら、下野を森力丸に与え、従五位下野守といたします。その上で改めて森力丸は常陸殿の附家老といたしますが、好きなように働けば良いかと」

「それって、名目上は力丸の加増だけど俺に下野も開発を任せるってことと同じですよね？」

力丸もそれに同意して頷《うなず》いていた。

「御大将の知識で開発、良い国になりましょう」

「う～、茨城、千葉、栃木……多い、広い」

「はははははっ、常陸殿が働くわけではないのですから良いではないですか？　それと茶々《ちゃちゃ》にも官位を与えます。従五位下少納言常陸介《ひたちのすけ》といたします。女子も分け隔てなく働いて国を富ませている功績は官位に十分値します。それに『常陸』と名が付くものは常陸殿が手元に持っていた方がよろしいでしょ？」

「常陸介、確かに常陸守《ひたちのかみ》の補佐役の官位は茶々に相応《ふさわ》しい。代わって御礼《おれい》申し上げますが、佐倉城の城主を取られたのですから、なかなか厳しいですよ、佐倉城城代を決めないと」

せっかく、与力を直臣に出来たのに、悩みが一つ増えた。

「でも、下野が力丸の領地なら、足尾銅山開発とか、大谷石《おおやいし》採掘など融通が利くから良いか、あっ、石灰採掘にも都合が良いか」

「ほら、御大将、やっぱり未来の知識を口走る！」

「あっ！」

「ははははっははははははっ、愉快愉快、そうですか、下野にもなにやら良き物があるのですね？　下野守、しっかり常陸殿の指示に従い国を富ませてみよ」

「はっ、御大将が思うがままに私に御命じください。下野も御大将の領地と思って」

「だから、俺は領地は増えなくて良いの！　もう、力丸が国主として頑張ってね」

「はっ。ただ、御大将が伊達《だて》様に農業支援しているのと同じように下野にも」

「結局同じことじゃん、はぁ～執務が増える～うぅぅぅぅ」

伊達政宗《まさむね》には約束通り学校で学んだ生徒を農業改革の一環として送った。

口減らしで陸奥《むつ》から買われてきた生徒達が希望して故郷の発展のためにと帰って行った。

伊達政宗も金堀衆を伊達政道《まさみち》の所に送ってくれて、常陸の領内で試し掘りを少しずつ始めている。

銅や石炭採掘、石灰採掘などのために。

「力丸は、うちの人手不足を知ってるくせに」

「そのような話はお二人でしてください。それより、せっかくの機会、私にも異国の地、未来の話など聞かせてください」

織田信忠は信長によく似ている。

目を輝かせ異国の話に耳を傾け、酒を酌み交わした。

物腰の柔らかい織田信長、決して凡人ではなく、理解力、想像力は織田信長に負けず劣らず。

オーストラリア大陸など、まだ南蛮の国にすら見つけられていない地域の話をすると、大いに喜んで聞いていた。

腹に袋を持つ生き物が多種いるとイラストを描きながら語ると、

「不思議な生き物もおるのですね、いつの日か見てみたい。それに広大な大地、開墾すれば飢えをなくせるやも……飢えは敵、人の上に立つ者は飢えをなくすことを第一に考えねば」

強く異国へ興味を示した。

「日本にもまだまだ可能性はありますがね。その一つが蝦夷地《えぞち》の開墾」

「開墾を命じた大名達は寒さに苦しんでいるとは耳に入ってきていますが、常陸殿が蝦夷地開墾を父上様に勧めた以上、私も同じように事を進めますのでご案じくださるな。三河守《みかわのかみ》も常陸殿の致すことには口出し致さぬと申しております。胃袋を摑《つか》んだ狸《たぬき》はよく懐いていますぞ」

「うっ、徳川家康《とくがわいえやす》、なにかご馳走《ちそう》せねば」

「ぬはははははっ、益々《ますます》丸くなる、ぬはははははっ」

これからの日本の方向性について父・織田信長の意思を受け継ぐこの男なら、もし織田信長が異国から帰って来なくても協力できると確信できる酒となった。

この日、オーストラリア大陸の生き物を説明するのに描いたボクシングをしているかのようなカンガルーは表装され、この城の大広間に飾られた。

くそ、美少女化しておけば良かった。

今回は真面目に描いてしまった。

なぜか、それは自分がオタクとして敗北した感がした。

◇◆◇◆◇

1590年正月
久々に安土《あづち》城屋敷で新年を迎える。
幕府の新年行事に是非とも参加して欲しいという織田信忠《おだのぶただ》の頼みを断れずに安土に残った。
「う〜お江《ごう》、寒いよ〜温めてよ〜」

「もう、だらしないんだから。ほら、もう日が昇るよ、マコ」

　初日の出を拝みたいので一番見晴らしの良い安土城の天主に上らせて欲しいと頼むと、意外にも構わないと許可がおりた。

　お江と二人で初日の出に対して柏手《かしわで》を打ち拝む。

　寒いので、いつもの熊の着ぐるみ着用で拝んでいると、留守居役の者が必死に笑いを堪《こら》えている様子。

　ごめんなさい。

　初日の出は日本の神々を崇拝する俺にとっては大切なものだ。

　決してイベントごとき扱いで初日の出に「上がった上がった見えた見えた」と、はしゃいだりはしない。

　御来光に体を晒《さら》すと身が清められ、清々《すがすが》しい気が貰《もら》えて、また一年頑張ろうという気持ちを沸き立たせる。

　初日の出は俺が生まれ育った時代となんら変わらなく神々しい。

　お江も騒ぎ立てずに拝んでいた。

　お江は空気を読める、真剣なときには騒いだりはしない。

　ただし、俺は熊の着ぐるみ姿……。

　仕方ないじゃん、近江《おうみ》の冬ってやたら寒く感じるんだから。

　天主から屋敷に戻ると、

「うわ、なんだっぺそれ、熊着てる？　でれすけ」

まるで舞浜ランドに生息している人気の熊のような姿に驚きを隠せない小糸《こいと》と、

「うわぁ～うわぁ～大納言様、可愛《かわい》いでした。熊に真っ赤な陣羽織なんて本当、傾《かぶ》いてますでした」

その舞浜ランドでキャラクターが近くまで来ると、キャッキャと喜ぶ女子高生のように目を輝かせ大受けしている小滝《こたき》。

「寒いの！　寒いの苦手なの！　仕方ないじゃん」

小糸の冷たい目線に訴えると、

「でれすけ、体温める薬草を煎じてあげるわよ」

そう言って、葛湯に何か溶かした物を出してくれた。

「うわ、にげ～ドロッとして飲みづらい。何なんだよ、この薬、喉に貼り付く、後味酷《ひど》い、不味《まず》い、うげぇっ」

「薬なのですから不味くて当然。毎日、朝晩飲めば、冷え性の体質も変わりますわよ！　でれすけ」

「姉様、言葉使い！」

「良いって、でれすけで。それより、う～いらない。これは無理、っとに小糸は俺に厳しいよね」

「姉様は裏では、大納言様のお体が心配で心配で、うわぁ～痛い痛い耳を引っ張らないで姉様」

「余計なこと、くっちゃべるんじゃなかっぺよ」

「うんうん、わかってるって。それよりこれは本当に無理」

「だらしないわね、でれすけ。ほら、それより、お雑煮食べて早く仕度しないと」

小糸は口が悪いが、それと行動は一致しておらず、世話焼き女房という言葉が合う。

「何が不味かったのかしら……」

俺の体を温めようとして調合してくれた薬草ブレンド葛湯の味を確かめては、悩んでいる様子を見せていた。

『女房』この言葉、平成の終わりには差別だって指摘されていたけれど、言葉狩りの気がするんだよな。

古くから使われている言葉、名称、呼称、敬称、その多くは平成中期以前では差別なんて意識なく親や祖父母世代、その前から使っているのに。

呼ばれた本人が嫌がるなら、使うべきではないだろうけれど、全体に強制するって？？？

まぁ～今は安土幕府時代だから、そう指摘する人もいないけれど。

身体的特徴や、特定の国や地域、出身や職業などを差別的に呼ぶ意味で誕生した言葉は使うべきではないと思うけれど……。そんなことを少し考えながら、急いで朝食を済ませて着替えた。

小糸は口では罵りながらも、寒さ対策に肌着を何枚も用意してくれており、裃《かみしも》の下に着込んで再び観音寺山城に登城すると、大広間に通される。

「常陸《ひたち》黒坂《くろさか》大納言様の、おな～り～」

廊下を進むと呼び出し？　俺の登城を知らせる役目の人が太鼓を鳴らし、大きな良い声で城中に知らせた。

混んでいた廊下を進むと、日本各地から登城していた大名は端に避け、真ん中に道が出来る。

両端で腰を低くし、頭を下げる武将の多くは俺より年上。それがなんとも居心地が悪い。

慣れないといけないのだろうが。

大広間に入ると、各地の大名、家臣がすでに着座していた。

正面を向いて座っていた大名諸侯が一斉にこちらを向いてひれ伏す。

慣れないが仕方がない。

俺はその地位にいるのだから。

どこへ座るのかとキョロキョロ辺りを見回すと、上段の間のすぐ下の右側には徳川家康が座っており、手招きをしている。

やはり一番前の上座、しかも俺が座るのがわかるように、熊の毛皮が敷かれ火鉢もすぐそばに置いてある。

「久しぶりにございますな、常陸殿。あけましておめでとうございます。それにしてもまだ冷えは酷いのですか？　なんなら私が調合した妙薬を」

「三河殿あけましておめでとうございます。ご心配なく、うちでも薬草にいささか知識ある者を側室に迎えたので、私の飲みやすいものを考えてくれています」

「ほっほほほほほっ、また側室ですか？　お盛んですな。しかも薬草を嗜《たしな》む者が御側《おそば》に？　それは良い。でしたら漢方の書物をお譲り致します」

「それは有り難い、小糸達《たち》が喜ぶ」

「その代わりと言っては何ですが、菓子の作り方をご教授いただければ」

「なら物々交換ですね。バームクーヘンとかの作り方を書いたものを譲りますよ」

「おぉぉぉ、それは有り難きこと。あれは大変美味でしたからね、また食べたかった」

　そんな会話を徳川家康と小言でしていると、

「公方《くぼう》様の、おな～り～～～～～」


　小姓が大きな声で言い、上段の間に織田信忠が着座した。

　俺が代表して、

「新年おめでとうございます」

かけ声のように言うと並んだ大名が声を揃《そろ》えて、

「「「おめでとうございます」」」

と、続く。

「皆、おめでとう」

信忠が返事をし、そのまま続けて、

「昨年は戦のなき良い年であった。今年も皆争いなきように。武士は領民の為《ため》に働いてこそ武士。戦ってこそが武士と思うな。常に領民を思い、領民の痛みを知り、平和な国作りを今年も心がけてくれ」

形式的な新年の挨拶が終わると祝宴の膳が運ばれてくる。

酒を飲んでいると、俺に近づこうとする感じがビシビシと伝わってくるのだが、それを阻むように前田《まえだ》利家《としいえ》がすぐ近くに酒を持ってきて座った。

助かる。前田利家なら大丈夫だ。

「常陸殿、こないだは良い物をいただきまして活用しておりますぞ」

「あっ、算盤《そろばん》ですね？　気に入ってもらえて良かった。わざわざ返礼の刀を貰ってしまってこちらこそ恐縮です。それに松《まつ》様もわざわざ茨城城まで来ていただいて、本当に助かりました」

「ははははは、松は一風変わった城が見られたと喜んでいましたよ。それに美味《うま》いものを食べ続けたせいか肥えて帰ってきて美しさが増した。いや～是非私も茨城城に行ってみたい」

この時代の『美女』の定義は、ふくよかな女性。うちの妻達は武道を嗜むせいで引き締まっている。

だがそれで、平成時代の『美女』『美少女』枠にハマっている。

「うちの城の門ですよね？　松様にやたら受けてましたよ。利家殿も興味あるなら是非遊びに来てください。千世《ちよ》も喜びますよ」

「千世のことは松から聞いております。なんでも勉学に励み健やかだと。これからもお頼み申す。是非ともいずれは……。それより慶次《けいじ》は大丈夫ですか？」

利家の無限酒注《つ》ぎを受けながら話を続ける。

「えぇ、とても良く働いてます。民衆に紛れながら情報を集めてくれたり、市中の取り締まりも厳しくしてくれたり、それに色町造りも。慶次だからこそ出来る働きばかりで、重宝しております」

「そう言って貰えて良かった。不真面目が続いたら少しひっぱたいて良いですからね。なんなら私が懲らしめに行きますから」

前田利家は俺の隣でほかの者を寄せ付けないようにしていてくれて助かった。

「常陸殿、猿が、羽柴秀吉《はしばひでよし》が一度茶の湯に招きたいと申しておりますがいかが致しましょう」

ジッとこちらの様子を窺《うかが》っている羽柴秀吉の目線を前田利家が教えてくれた。

「以前から常陸殿は猿を嫌っているからと、上様からは近づかぬよう申しつけられているらしいのですが」

「羽柴秀吉、別に嫌っているわけではないのですが、羽柴殿と確かに一度話し合わねば。良いでしょう。明日、適当な寺の茶室ということでなら、お会いしましょう」

「ふぅ〜これで、なか様の大根の御礼が出来る」

「あはははははははっ、もしかして、利家殿も、なか様の大根攻め？」

「もう大根の季節になると毎日毎日屋敷に。それがしは三法師《さんぼうし》君守り役なので、こちらにいることも多いですから。なか様、常陸の国にも大根を送ろうとしていましたよ。松が止めましたが」

「はははははっ、うちは農業には力を入れているので、わざわざ近江から送らなくて良いですから」

「でしょ？　だと思いましたよ」

羽柴秀吉の母、なか様は九州には付いて行かず、安土《あづち》城下にある羽柴家下屋敷暮らし。

その屋敷は最初は見事な枯山水の庭があったそうだが、なか様は全て畑にしてしまったと、前田利家は面白おかしく語っていた。

「常陸様、一献よろしいでしょうか？」

「これはこれは最上《もがみ》殿、酒はさほど強くないので一杯だけ」

最上義光《よしあき》が酒を持って来ると、前田利家は徳川家康《とくがわいえやす》の席近くに移って三法師の話題で盛り上がっていた。

「我が息子、義康《よしやす》をお預かりくださりありがとうございます。我が娘も送ろうかと考えたのですが、妹の義《よし》から聞きましたぞ、政宗《まさむね》が女子のことで怒られたと」

「駒《こま》姫でしたっけ？」

「義康から聞きましたか？　儂《わし》に似ず可愛《かわい》い娘でして目に入れても痛くない」

最上義光の娘・駒姫は史実だと、幼くして羽柴秀次《ひでつぐ》の側室となる。

羽柴秀次、謀反の疑いで一族皆、処刑される。

その時に駒姫も一緒に。
14、5歳くらいだったはず？　あれ？　と、なると、今、間違いなく幼女……！
「えっと、ちなみに何歳？」

「9つとなりましたが？」

「幼女やんけ！　ロリコンじゃないっちゅうねん」

「うわっ、なにを突然大声で」

背を向けていた前田利家が振り向き最上義光の肩を軽く叩《たた》き、

「最上殿、幼女を嫁がせると怒りますよ、常陸殿は」

「あんたやんけ～うちに幼女送ったの！って、ごめんなさい。酔いすぎた」

「ぬははははははっ、送った者勝ち、常陸殿」

「常陸殿はお疲れのようだ、下野守《しもつけのかみ》」

「はっ」

　これ以上飲んで口が軽くなってしまうと大変、そう思ったのか信忠《のぶただ》が力丸《りきまる》に命じて、力丸が俺の肩を抱え上げると、

「大納言様は、お疲れなので失礼いたします。ほら出ますよ、珍しく酔って、もうぅ」


　俺はそのまま信忠に頭を下げ一足先に退室した。


「力丸、酔っ払い度どうだった？」

「っとに、やはり芝居でしたか？」

「ほら、さっきの会話で怒ったのを見せておけば、幼女を側室に送ろうとする大名は出ないでしょ？　みんな俺の会話に聞き耳立てていたし」

「まぁ～確かに。それに利家殿は気が付いていたようですよ」

「だろうね、傾《かぶ》いているからこそ、俺の芝居なんてすぐわかりそうだ。退室するとき笑っていたし」

「最上殿は青ざめていましたがね」

「義康を通して、あとで芝居だったことを謝っておこうか？」

「そうすると、駒姫が来てしまいますよ？」

「それは困る」

「このことは、そのままにしておきましょう」

《翌日》

「羽柴家家臣、石田三成《いしだみつなり》と申します。常陸大納言様をご案内せよと我が殿より申し付かっております」

若いイケメン石田三成が迎えに来た。

「御大将、佐助《さすけ》と才蔵《さいぞう》がすぐ側《そば》におりますので、ヤル時には手を三度叩いてください」

「宗矩《むねのり》、暗殺はしないからね。それと寺の茶室を頼んだんだから、境内では殺生は許さないからね」

「しかし、御大将、怪しんでいたのでしょ？　羽柴秀吉様のことを」

「確かに怪しいと睨《にら》んでいたけど、前田利家殿の友人、今は利家殿を信じたいかな。それに羽柴秀吉とは、いつか話をしようとは思っていたから」

明智《あけち》光秀《みつひで》の本能寺の謀反を裏で知っていて利用した。

いや、明智光秀と実は組んでいた。

そんな疑いを当初持っていたが、こちらに来て約7年、そんな素振りを見せず、いかに織田《おだ》信長《のぶなが》に褒められようかと働いている。

戦わずして琉球《りゅうきゅう》を従属させたり、検地を始めて幕府の年貢収入を高めたりしている。

そして、福岡城を築き、いつでも唐攻め出来るよう準備も始めていると聞く。

唐攻めは、やめさせなければ。


石田三成に案内された寺は、羽柴家先祖の菩提《ぼだい》を弔う寺として、新しく造られた寺。

そこの庭に似つかわしくない茶室が……金色の茶室。

金閣寺をもの凄《すご》く小さくした外装の金箔《きんぱく》貼りの茶室。

「我が殿は、常陸《ひたち》様の建築技法を取り入れ、移動式の黄金の茶室を造りましてございます。派手好きと聞く常陸大納言様にも同じ物を献上致したいと用意してございます」

「うん、いらない。絶対、茶々《ちゃちゃ》は嫌がるから」

うちの茶道頭というべき茶々は、千利休《せんのりきゅう》の影響を強く受けており、わびさび派。

「我が殿には受け取って貰《もら》えないだろうとは申したのですが」

石田三成は黄金の茶室の照り返しが当たっているのに、暗い表情を見せていた。

黄金の格子に紫色の和紙が貼られた障子戸が開けられると、中は黄金色と朱色。頭がクラクラするほどだ。

そこにちょこんと座る羽柴秀吉は、金糸がふんだんに使われた羽織を着て待っていた。

特に誰かが隠れるスペースがあるようには見えなく、またその気配も感じない。

その為、佐助と才蔵を外に待たせ茶室に入ると、

「先《ま》ずは一杯」

意外にも静かに羽柴秀吉はお茶を点《た》て、温《ぬる》めの薄い茶を出してきた。

勿論《もちろん》、茶碗《ちゃわん》から茶釜、杓子《しゃくし》、茶入れ、泡立て器？　茶筅《ちゃせん》も、黄金。

もう自分自身に、金粉を塗りたくったら？　と言いたくなってしまうほど、とことん金色。

茶を飲み干すと、茶碗は真っ白な茶碗に換えられ2杯目の茶が点てられた。

濃く熱い茶は意外にも上品で美味い。

「あっ……美味い」

「この猿めの茶を褒めていただけるとは思ってもいませんでした」

「美味いものは美味いと正直に言いますよ」

「改めまして、本日はお越しいただき、ありがとうございます」

名古屋弁を封じて、またふざけた笑顔も封印して真面目に言う羽柴秀吉が新鮮だった。

「一度、これからについて話しておかねばとは思っていましたから、良い機会です」

「唐攻めの準備を耳にしましたか？」

「えぇ、耳に入りました。やめていただきたい」

「この猿では力不足だと？」

「力不足や軍備不足は一切関係ないです。唐の国を力にものを言わせて攻め入ったところで統治が出来ないと申し上げます。信長様も、これに納得して南国へ」

「わしゃ～それが納得出来んのよ。儂が自ら統治してみせるだがや」

白い茶碗は白磁器、唐の茶碗。

それを両手にしっかりと持って湯をくるくると揺らすと、豹変《ひょうへん》したかのごとく羽柴秀吉は名古屋弁丸出しで言う。

あたかも唐物を全て自分の手の中にすると言っているような動作だった。

「長引く戦をすれば国は疲弊するだけ。世の中は大航海時代。海を制して世界を制する方が大切。羽柴殿の頭を使って国を富ませて信長様の援護に回って欲しいのです。あなたのその頭の良さ、そして口の早さは商売に適している。異国との商いで渡り合う、そんな武将になる気はないですか？」

「商いで勝負？」

「商いがどれだけ大切か、あなたは知っているはず。今、日本は反物生産に力を入れてます。それを世界に売る。そして、鉄や硫黄、火薬を買う。羽柴殿、あなたなら造作もないことのはず」

うちの孤児や口減らし対策の学校は反物生産に力を入れている。

その政策を織田信長が幕府の政策として取り入れ、各藩に奨励した。

安土幕府三大改革の一つ、『学校設置と反物生産』。反物が過剰生産になる日は近い。

うちは御用商人が異国との貿易も盛んに行っており、販売経路を独自で持っているが、他の大名はそうではない。

また、織田信長は異国に売るための金糸銀糸をふんだんに使った『西陣織り』の生産に力を入れている。

これからは、それの販売が国の行く末を決めると言っても過言ではない。

「せっかくの売り先である明《みん》国と戦をしてどうしようと言うのです？」

「それを言われると耳が痛いだがや」

「せっかく九州という大陸に近い土地を領地に持ったのだから、大陸から搾取するくらいの商いをしてみせてくださいよ。あなたなら出来るはずだ」

「そりゃ～出来るが家臣達《たち》が納得しないだみゃ。戦働きを皆したがっているだぎゃ」

「戦かぁ～そう遠くない日に信長様が始めますよ」

「どことだみゃ？」

「南蛮と」

「ほんまか？　ほんまに上様は南蛮に戦を仕掛けると言うだみゃか？」

「船の戦いだとは思いますがね」

「船だみゃか？　羽柴《はしば》家にも琉球従属の恩賞に、鉄甲船2隻くだされたが、あれで南蛮と」

「せっかく貰えたなら、あれを模した船を大量に造るべきです。きっと信長様のお役に立つはず。しばらくは商品の輸送となるでしょうけどね」

「上様は褒めてくださるだぎゃか？」

「間違いなく」

「わかっただみゃ、商いで儲《もう》けて鉄買って造船するだみゃ。ところで」

そう言うと居直り、

「常陸様は儂が嫌いだがきゃ？」

「別に嫌いというわけじゃ、ただ……」

「ただ？　なんだみゃ？　正直におっしゃってくれ」

「明智光秀と、つるんでいると思っていたので」

「ふざけたこと言うでなぎゃ。儂は上様には返しきれない恩があるだみゃ。上様が本能寺で謀反にあったと聞いたときには全てを投げ出して京に向かわねばと思ったくらいなのに。差し違えてでも日向守《ひゅうがのかみ》を討ってやると思ったのに……そしたら、謎の陰陽師が助けてくれたと、わしゃもう涙が止まらんかったよ」

いきなり正座で器用にぴょっんと目の前まで跳んできて、俺の手を握った。

「うわっぁぁぁぁぁぁぁ」

背中がゾクゾクとして悲鳴に近い雄叫《おたけ》びが出てしまった。

「大殿いかがしました」

障子を蹴飛ばし入ってきた佐助は、手を握り合う俺と秀吉《ひでよし》を見て、

「失礼しました」

「待て待て待て待て、勘違いするな、って秀吉殿、俺は男色はない」

「儂もなかだみゃ。でも、やっと御礼《おれい》が言えるときがきただみゃ。上様を助けていただきありがとうございました。そして、八百万《やおよろず》の神に誓って申し上げる。上様を裏切るようなことは絶対にございません。この目を見てくだせぇ、陰陽のお力で儂の心を見てくだせぇだみゃ」

「わかったから手を離して、気持ち悪い。俺は女の手は大好きだけど、おっさんに握られたくないの！」

「女の手は良いですだみゃ」

振りほどいて控えている佐助と才蔵の先を見ると、外では石田三成他、秀吉の家臣達が小太刀を地面に置きひれ伏していた。

「大殿、大殿が中に入られたときから皆こうしておりました」

「そうか、羽柴秀吉に二心なしは認めましょう。しかし、二度と俺の手を握ったりしないでください。気色悪い」

「あんちゃん、許してやってくれっぺよ。よっこらしょ。っとに年寄りの目には痛い茶室なんて造って馬鹿秀吉！」

「あっ、なか様」

「かあちゃん、ここに来たら駄目だって言ったっぺよ」

「おめぇは上様が好きすぎて誤解されっから来てやったんだっぺよ。心配ないみたいだぎゃな。ほれ、あんちゃん、おらが漬けたでぇ根、土産さ持ってってくれ。桜子《さくらこ》ちゃん達喜ぶべ」

　人が入りそうな樽《たる》五つを大八車に載せ家臣が運んできた。

「かあちゃん、そんなに迷惑だみゃ」

「な〜に、あんちゃんの国じゃ〜おめぇに負けねえくらい女さ囲ってるってじゃなかった？　いんや間違えた、雇ってるって聞いただみゃよ。皆さ食わしてやってくれたらよかっぺ」

「はははははっ、はははははっ、はははははっ、もう、なんだか笑うしかないかな」

「あはははははははっ、かあちゃん、常陸様が呆《あき》れてっぺよ」

「失礼な！　丹精込めて作ったでぇ根漬けだぎゃよ。土とお天道様の味が詰まったでぇ根を沢庵《たくあん》っちゅう偉い坊さまに教わって漬けたんだから美味《うま》いんだぞ〜しっかり干したでぇ根だから日持ちもすっから持ってけ」

「えっ！　沢庵宗彭《そうほう》、知り合い？　あれ？　もう沢庵って名乗っているの？」

　沢庵宗彭。確か江戸時代前期、江戸幕府が開かれたくらいに、大悟して『沢庵』の号を得ていたはずだが、時代改変の影響かな？

　そんなところに影響が出るのだろうか？

「屋敷にしばらく泊まって漬物の作り方教えてくれたんだぎゃよ。良い顔した若い坊さまだ、惚《ほ》れちった」

「常陸様、沢庵御坊はお知り合いだみゃか？」

「名前だけ。一度会ってみたい人なんだよなぁ」

「かあちゃん、沢庵御坊は？」

「旅さ出ちまった」

「三成、すぐ捜して参れ」

「いやいや、無理に捜さなくて良いから。縁あれば、そのうち会えるだろうし」

「そうだみゃか？　なら、そうするが……なんだか尻の締まりが悪い茶会になっちまっただみゃ」

「いや、面白い茶会でしたよ。また安土《あづち》に来た時は呼んでください。しかし、金の茶室は目に悪い。もう少し控えた色にしたほうが」

「うんや、これだけは譲れねえだみゃ」

「ほら、馬鹿秀吉、あんちゃんに怒られたっぺよ。少しはかあちゃんの言うことも聞け」

羽柴秀吉が、なか様に叩《たた》かれるなか、俺は帰宅した。


「黄金の組み立て式茶室はいらないけど、組み立て式茶室は真似《まね》たいかな……」

「マコ、一人ブツブツ言いながら何考えてるの？　えっ何これ？」

「ん？　パネル工法を活用したドーム型茶室。茶々に造ってあげようかなと思って」

「ふ～ん、こういう形、『ドーム型』って言うんだ？」

「半球体のをそういう風に呼ぶんだよ。これなら今のパネル工法でも造れるし、一個のパネルが小さいから船に載せて運びやすいかな」

三角形パネルで造るドーム型家屋と、五角形パネルで造るドーム型家屋を描いてみた。

「マコ～面白いと思うけど地味だね」

「うっ……」

お江《ごう》は美少女の造形物のファン。また期待しているのだろうが、これは茶々《ちゃちゃ》のために造る茶室。

活用すれば、地震、風、台風に強い住宅大量生産も考えられる、真面目な建物改革だ。

「お江が期待しているようにはならないよ」

「ねぇ～黄金貼りにはしないの？」

「あれは茶室には遠慮したい」

「なら、このドーム型で黄金の御堂《みどう》をお寺に造ったら？」

「あっ！　お江、それは良いかもって一瞬思ったが、寺社仏閣は伝統的建築物が良いかな」

「んも～マコの、そのこだわりがわかんないよ」

ぷくぅ～と、頬を膨らませてお江は不満げな様子だった。

ドーム型家屋、帰ったらすぐに左甚五郎《ひだりじんごろう》に造らせてみよう。

◇
◆
◇
◆
◇

《織田《おだ》信忠《のぶただ》と藤原《ふじわらの》　少将》

常陸《ひたち》殿に一杯食わされた。

城の酒席を利用して気難しい男と見せたいようだったが効果はあったのだろうか？　自ら側室はいらぬと大名に命じれば良いものを……。

「公方《くぼう》様、関白様から御使者が」

「なに？　関白様の御使者？」

「はっ、御使者は藤原少将様で」

「お通しせよ」

突然の使者とは何事？

「織田様、関白近衛《このえ》前久《さきひさ》様からの命にごじゃりまする。常陸大納言を参内させよと」

「常陸大納言を？」

「こちらに来ていると関白様の耳に入ったでおじゃる。何かと名高き大納言に参内させ、帝《みかど》に名高き料理を献上せよと」

「帝に料理を献上……」

「まさか、断るつもりではないでおじゃろうな？　お～恐、朝廷を軽んじる織田様、やはり帝に取って代わろうとしてるでおじゃるか？」

「まさか、そのようなこと。帝を大切に思うからこそ内裏建て直しに尽力致しましたのに」

「ならば良いでおじゃるな？」

　父上様がいないときに常陸殿を表舞台にひきずり出すのは気が進まない。しかし断るにも断れない。

「常陸大納言にはしかとお伝え致します。しかし、常陸大納言は幕府の家臣にあらず。そのようなことは朝廷より直《じか》に命じていただきたいものでございます」

「おや、征夷大将軍《せいいたいしょうぐん》たる織田様が、一大名を従えきれていない？　これはまた珍妙でおじゃるな」

「常陸大納言は父・織田信長《のぶなが》の客人であり盟友、幕府としては副将軍として国を富ませるのに協力していただいている方、無理は申せません。しかしながら、今、安土に逗留《とうりゅう》しているので、お願いしてみます」

「まどろっこしいでおじゃるな。関白様の命はお伝えしたでごじゃるからな」

　常陸殿には、それとなく頼んでみよう。

　しかし、藤原少将も恐《こわ》いもの知らず？　恐いもの見たさ？　常陸殿を怒らせれば、すぐに暗殺されるというのに無知は恐いものよ。

◇◆◇◆◇

《左近衛少将藤原泉進朗《さこんえのしょうしょうふじわらせんしろう》》

けったいなもののふ共よ、いつまでも好き勝手にさせると思うておじゃるか？

このまま放置すれば、朝廷、我々公家《くげ》は冷や飯喰《ぐ》らい。

武士に飼われるなど、あってはならないでおじゃる。

織田信長が造った京の守りは完璧で、今なら多少の戦なら都は守れるでおじゃりょります。

その守りを使って時を稼ぎ、諸大名に織田家に反旗を翻すよう密書を送る。

そして、織田家と常陸大納言の微妙な関係を利用すれば、乱を起こせるはず。

火種を少しずつ少しずつ大きく育てるでおじゃる。

火種が大きく育ったところで、倒幕の勅を出していただき錦の御旗《みはた》を掲げる。

さすれば諸大名は、朝廷の言いなりでおじゃる。

自分たちが毛利《もうり》討伐で示した手本のことに気づいていない織田の馬鹿共を倒すでおじゃる。

その手始めに大納言に帝の前で恥をかかせて、成り上がり者の化けの皮を剥がしてみせるでおじゃる。

朝廷を恐れぬ織田信長がいない今こそがその好機、この好機を麻呂が逃すと思うてか？

倒してみせるでおじゃるよ。

そして、麻呂が武士を束ねる征夷大将軍。

お～ほほほほほっ、お～ほほほほほっ。

◇　◆　◇　◆　◇

松の内も過ぎ用も済んだので、帰国の挨拶をするために安土城に登城すると織田信忠に、突如、誘われた。

「一緒に参内しましょう」

「御所ですか？　帝に拝謁？」

「そうです。常陸殿は仮にも大納言、御所に参内が許される御身分です。実は御所でも常陸殿の料理が噂《うわさ》されておりましてね、献上せよと関白様が命じて来ました。常陸殿が常陸国においでなら、お断りも出来ましょうが、朝廷も常陸殿がこちらにいるのを知っていては断る理由がなく」

「なるほど、信忠様に恥をかかせるわけにはいきませんから参内、承知しました。しかし、俺の料理を帝に食べていただくとは恐れ多きことなのですが」

俺が作っているのはフレンチなどという大したものではない。

平成の一般的家庭料理に毛が生えたくらいのもの。

帝に献上するに値するものなのか？

「大丈夫です。父上様が認める常陸殿の料理は天下一品。帝が召しあがったなら必ずやお喜びになるはず」

俺は少し考え、

「わかりました。では、海産物を集めてください。能登守前田殿《のとのかみまえだ》に命じていただければ新鮮な福井……越前《えちぜん》の魚介が揃《そろ》いましょう、以前、饗応《きようおう》の料理でも、お願いしたことがありましたから」

帝に献上する料理は海産物が良いと考える。

獣、動物の肉は天武《てんむ》天皇の時代から制限されているという知識があるからだ。

仏教を広げることに尽力した天武天皇が手始めに季節で食肉を禁止、また、狩猟方法を制限したことから日本の食肉文化はすたれ、また、神道で獣の血は穢《けが》れとの意味合いも相まって、日本は明治開国まで食肉を忌み嫌うようになる。

史実の江戸時代では獣の肉、猪《いのしし》など『薬』として『山鯨』などと呼んで、とんちで一ひねり誤魔化して食していたそうだが、一般的でない。

牛・豚などを好んで食べるようになるのは明治維新後。それまで一般庶民は米を兎《と》に角《かく》塩っ辛い物で食べる。

偏食100パーセント。

しかし、うちでは関係なく食べている。

農耕に使う牛とは別に食肉用牛、豚、鶏を大々的に飼育している。

それを隠しておらず、学校直営食堂で領民も食べられるように進めている。

好評で少しずつだが定着。このまま食肉文化を定着させ、栄養状態の改善を進めたい。

ここで下手を打って詔で、食肉禁止などにはさせない。

領民、国民の健康を考えるなら、たんぱく質摂取を推し進めなければ。

なので、俺の料理が噂されているなら必要なことか。

仕方がない、朝廷との料理勝負、勝ってやろう。

一度、信忠と別れ、京の都に入る前に蒲生氏郷《がもううじさと》の城となっている近江《おうみ》大津城に寄る。

近江大津城は俺の城だったころと変わらず、小規模だが城内で牧畜をしているので、鶏《とり》肉《にく》・豚肉・牛肉を念のために分けて貰《もら》う。

「御大将、お江様、お久しぶりにございます。噂に聞きましたが内裏に参内ですか？」

「蒲生殿、もう家臣じゃないでしょ。同等の織田一門の仲ではないですか？」

「ははははは、私の大将はあなたですよ。それより、公家に良からぬ噂があると京に忍ばせている者から聞きました。ただ、その密書を最後に忍びが消えてしまい、どうやら何者かに殺されてしまったようで」

隣に居たお江の笑顔が一瞬にして消えていた。

「良からぬ噂？」

「上様不在を好機と見て反乱かと」

「なるほどね……それは俺が許さぬ。戦乱に戻すなど絶対にさせぬ」

「はっ、御大将なら言うと思っておりました。５０００の兵いつでも京に向かわせられるよう整えておきますので、なにかありましたら御命じください。本能寺のようなことにならぬよう、どうかお気をつけて」

「本能寺の乱か、あいわかった」

「マコ～誰を斬れば良いの？　みんな私が始末してあげるよ」

「お江の方様が!?」

氏郷は目を見開いて驚く。

確かにこの城にいた頃は無邪気な姫だったが、今は柳生宗矩《やぎゅうむねのり》が太鼓判を押す忍び。

お江は俺には隠しているが、暗殺数は家中一。

俺ですら、陰陽道で城に張り巡らせている式神がなければ、気配を捉えられないほど無音で近づいてくる。

お江が俺に無音で近づいてくるのは護衛と悪戯《いたずら》目的だが。

「蒲生殿が驚いているって。っとに剣術を仕込んだら、くノ一になるルートなんて思ってもいなかったよ、おてんば姫が」

「あっはははは、あっはははは、確かにおてんば姫でしたな、あっははははは」

大笑いする蒲生氏郷の後ろに無音で回り込み、首に扇子を当てるお江。氏郷はその一瞬の出来事で口が塞がらなくなり冷や汗をぽたりと垂らした。

「うちの嫁達《たち》、マジで恐いから。ほら、お江、悪戯はやめなさい」

「うん、氏郷っち、笑いすぎ～」

口を尖《とが》らして河豚《ふぐ》のようにぷっくりと頬を膨らましていた。

元与力・蒲生氏郷の忠告に気を引き締め京に向かった。

分けて貰った食用の肉は、雪を押し固めて作った保冷箱に入れて運んだ。

京の都で俺の宿舎となっている銀閣寺城に入城。

堅牢《けんろう》な守りを持つ銀閣寺城なら本能寺の二の舞にはならないだろう。


海産物は若狭《わかさ》湾からすぐに届けられた。

越前蟹《がに》、牡蠣《かき》、海老《えび》、鮭《さけ》、鯛《たい》、鱈《たら》、そして、

「ん？　これって？　海豚《いるか》だね」

海豚が丸々1頭届く。

平成時代、茨城では、ごくまれに海豚はスーパーでも売られていたし、那珂湊《なかみなと》や大洗港近くの魚屋で手に入れられる食材。

御祖父様《おじいさま》が好きで、食卓に時たまあったので驚きはない。

味は？　硬い牛肉？　硬い鹿？　何も言われず食べれば海豚と気が付く者はまずいないだろう。

濃い肉々しい味を持つので、味噌《みそ》で牛蒡《ごぼう》と煮て食べるのが美味《うま》い。

味噌汁の具材として豚汁みたいに使ったりもする。

牛蒡一緒に味噌で煮る食べ方が俺は好き。

海豚、鯨は、この時代は魚として扱われている貴重なたんぱく源。

献上料理にするか。

茨城城で桜子《さくらこ》達からうちの料理を学んだ小糸《こいと》と小滝《こたき》に下準備を頼むと、流石《さすが》に海豚は捌《さば》けないと言う。

「大納言様、猪や鹿なら捌いたことあるけど、こんなデカい魚、捌いたことなかっぺよ。大体、これ魚なのけ?」

小糸は海豚のシュルリとした口を右手で何度も何度も『シュッシュッシュッ』と、擦《こす》っていた。

なんか、手つきがイヤらしいが、肌の艶々感に惚《ほ》れてしまったみたいだ。

エナメルちっくで良いよね。

海豚の皮を上手《うま》く加工すればエナメル的な服を作れるだろうか?

うちの美少女側室達に着せたいなどと脱線して空想していると、

「御大将、私にお任せを」

柳生宗矩が見事な刀捌きで海豚を切り分けた。

「宗矩、料理出来たんだ?」

「見よう見まねです」

「宗矩ちゃんは、食堂で緑子《みどりこ》ちゃん口説いているんだよね~」

「え？　そうなの？」

「お江《ごう》の方様、それは御大将には内緒にと頼んでいたはず」

「ふぅ～ん、青春ラブコメしてるのね、宗矩は？」

「御大将……御大将に知られると通いにくくなります」

「良いじゃん別に。緑子なら、幸村《ゆきむら》に嫁いだあおいと同じように、養女にして宗矩に嫁がせられるけど？」

「良いのですか？　その実は緑子は身分の低さを理由に首を縦に振ってくれなく……御大将、お願い申し上げます。この宗矩の一生の頼み、緑子と添い遂げられるようお力をお貸しください」

「勿論《もちろん》、緑子の気持ちはあるけど、身分の低さを気にしているなら、いくらでも養女にするよ。茶々《ちゃちゃ》も許してくれるだろうし」

「マコ～緑子ちゃんの気持ちは私が太鼓判押すよ。なんなら、私とマコの養女にしようか？」

「お江が言うなら間違いないね。お江との養女、母親が娘の年下って笑えるよね。それでも俺は全然構わないけど」

「ありがたき幸せ」

海豚を捌いて結婚決まる。

宗矩は今捌いたばかりの海豚の頭を優しくなでていた。

柳生宗矩、流石に柳生新陰流《しんかげりゅう》の使い手。

使う場が違う気がするが、料理を学んだ宗矩の包丁捌きは凄《すさ》まじいものだった。

斬った野菜を接着してみせる『斬り戻し』まで会得していた。

うん、柳生新陰流の無駄使いをしているような気がする。

婚儀が決まった宗矩は、珍しくテンション高めで刀を包丁に持ち替えて、小糸達の手伝いに励んだ。

あまりに綺麗《きれい》な剣捌きで下準備するものだから、銀閣寺の庭で首が離れたのに気が付かないで歩いている鶏が何匹も目撃され、あとで信忠《のぶただ》に怒られたのは、言うまでもないだろう。


明日の参内に合わせて、下準備を滞りなく済ませた。


翌日、信忠と一緒に参内する。

ちなみに信忠の京での宿は嵐山城。

これも本能寺の乱の教訓で、離れた城で宿泊するようになっているからだ。

嵐山城は堅牢な山城。

数千単位の兵なら籠城で何日も耐えられる巨城。

御所は天正13年11月29日に発生した地震により損傷が激しく、織田《おだ》信長《のぶなが》により再建された。

まだ新しい木材・畳の良い匂いのする御所に信忠と参内して帝《みかど》・後陽成《ごようぜい》天皇に拝謁が許された。

信忠が形式的な新年の挨拶をする中、俺はただただ頭を下げ続ける。

「面を上げて帝に顔をお見せするでおじゃる」

関白・近衛《このえ》前久《さきひさ》が帝と俺たちの間に座り向かい合っている。

俺は言われたとおり、少しずつ顔をあげ、

「大納言黒坂常陸守《くろさかひたちのかみ》真琴《まこと》と申します。ご尊顔を拝謁する栄誉を賜りまして誠にありがとうございます」

当たり障りのない挨拶をすると関白・近衛前久が、

「早速だが、料理を御献上するでおじゃる。その為《ため》に呼んだのでごじゃるから」

「はっ、かしこまりましてございます」

俺はいったん退室し台所を借りる。

台所では俺の指示を待っている小糸と小滝が支度をしていた。

御所の料理人に見守られながら、早速始める。

今日の献上御献立は、海老、蟹、鮭、牡蠣、帆立の魚介フライに、玉子と砂糖に鱈のすり身を混ぜて焼き上げた伊達《だて》巻《ま》き、海豚の牛蒡と味噌煮、そして鯛を丸々何匹も使って贅《ぜい》沢《たく》に出汁《だし》として使った、さっぱり塩ラーメンだ。

下準備はしてきたので1時間ほどで作り上げて膳に載せ運ぶ。

3人分の膳を運ばせる。

帝と近衛前久と織田信忠の膳だ。

運ばれると俺は元の位置に着座し、

「申し訳ございませんが毒味として、信忠様にまずは食べていただきます。料理から盛り付けまでは御所の料理人が見ていたので皆、同じであるものと証明できるかと」

「うむ、見慣れぬ料理、まずは食べてみせるでおじゃる」

関白・近衛前久は疑いの眼差《まなざ》しで言う。

「では、お毒味、失礼いたして」

信忠は俺の料理は宴席などで食べているので躊躇《ちゅうちょ》なく食べ、

「大丈夫にございます。常陸《ひたち》大納言の料理は温かいうちが美味《おい》しゅうございます。どうぞお召しあがりを」

信忠は帝の前でも緊張などしていない様子。肝の据わっているところは父親、織田信長に似ていた。

そうすると帝が箸を取り、食べ始める。

「なんとも、不思議な食べ物、いとうまし」

高貴な気品のある声の感想が聞こえてきた。

関白・近衛前久も食べ始める。

「噂《うわさ》に聞く獣の肉は使っていないでおじゃるな。御所に持ち込まぬだけの常識はあったと見える。これからは、獣を食すことをやめ常識を持ってもらいたいものよのう」

そう言って、また一口、海豚を口に運んで笑みを浮かべた。

「大変申し上げにくいことではありますが、失礼して申し上げます。獣、獣と申しますが、本日お出しした海豚もまた、海に住まう獣にございます」

「なにを申している。海豚は魚でおじゃるぞ」

「海豚は豚や牛などと変わらぬ生き物でございます。生物学的に見て哺乳類とされる生き物でございます」

「たわけた戯《ざ》れ言《ごと》を申すでないでおじゃる。帝、やはり織田信長に言われるがまま、大納言を与えたこと間違えでごじゃりました」

「百聞は一見にしかず。鯨や海豚は海で生きる形に進化した元々は陸の生き物、魚との体の違いを自らの目で確かめて見たらどうです、関白様。ご要望ならすぐに取り寄せる手配を致します。この黒坂常陸守真琴、御前で海豚と鮪《まぐろ》を解剖して説明して差し上げます」

解剖を想像したのか、扇子を口元に当て、しかめっ面を見せ、

「ええい、常陸の田舎猿、無礼な！」

「常陸殿……はははははっ」

いさめるどころか信忠は笑いを堪《こら》えきれずにいた。

「うっせぇ、茨城を馬鹿にするのは許さねぇかんね！　ごじゃっぺ言ったこと、謝っても

らう」

「帝の御前で野蛮な振る舞い、お～恐ろしや恐ろしや。それよりも、そのようなことどうでも良いでおじゃる。これからは豚や牛などを食べるなと言っているのでおじゃります」

「どうしてかしっかり説明して貰《もら》おうか？」

なぜかこの時、茨城の三ぽい精神に火が点《つ》いてしまった。

『怒りっぽい』『理屈っぽい』『骨っぽい』

「理由におじゃりますか？　そのようなことも知らぬ田舎猿に教えてあげるでおじゃる。この日の本の国では天武《てんむ》天皇の時代から決まっていること、獣の肉など穢《けが》らわしい」

関白・近衛前久は俺をさげすむような目で見ながら叱責する。

それを帝は黙って見ている。

「理屈にはなっていませんよね！　牛や豚などは栄養価が高く、人にとってとても良き食べ物。たんぱく質不足は生命に関わること。医食同源、これは大陸で使われている古き言葉。仏教を重んじるなら大陸の食文化も取り入れなければ理屈に合いませんよね？　関白様！」

俺は少々ヒートアップしてしまう。ここで引いたら食肉文化はまた止まってしまう。

自らの食へのこだわりだけでなく、たんぱく質を摂取するためには絶対に必要。

大豆に頼るには、まだまだ生産量が足りない。

平成の終わりくらいから流行し出す、肉を模した大豆肉生産は厳しい。

また、食品保存技術が確立していないので、魚に頼ることも厳しく、海から離れた地のたんぱく質摂取は獣に頼らなければ圧倒的不足状態。それに魚だけに頼ってしまえば資源の枯渇になってしまう。

「常陸殿、帝の御前、少々落ち着きを」

笑いを堪えながら冷静を装う信忠に諌《いさ》められた。

「信忠様、これは一歩も退《ひ》けぬこと。医食同源は領民の為、この国の民、人々の健康寿命を延ばすには絶対に必要なこと。それに海豚《いるか》や鯨は牛や猪《いのしし》、豚などと変わらぬ獣、関白様のお間違いは訂正しなければなりません。間違っていることは間違っている。海豚や鯨が魚類などと言っていたら、日の本の民は物を知らぬと異国に嘲笑《あざわら》われます。これからは、この国は他国からどのように見られるかも心に留め置かねばならぬこと」

「ええい、まだ言うでおじゃるか！　どこの馬の骨ともわからぬ成り上がり者、信長の力で大納言にまで上り詰めた者は、口の利き方すらわからぬと見えるでおじゃる。このような者が大納言とは嘆かわしい。帝、進言いたします。この者、大納言の器にあらず。剝奪を」

近衛前久が額に血管を浮かべている中、帝は目をつぶり静かに聞いていた。

一瞬静まりかえる御所……、廊下の方が何か騒がしくなる。

「ええぃ、邪魔をいたすな、まかり通る」

聞き慣れた声が、サイレンのようにけたたましく聞こえてきた。

廊下に目をやると、その男はこんがりと日焼けして、恐ろしく鋭い目がさらに目立って見えるようになっていた。

「あっ、信長様」

俺と同時に信忠も、

「あっ、父上様」

見間違うはずもない織田信長。

「帝、失礼つかまつります」

入室して最前列に腰を下ろした。

太政大臣《だいじょうだいじん》・織田信長は関白より上なのだ。

「儂《わし》の留守に儂の婿をかわいがってくれたか？　さ・き・ひ・さ！」

睨《にら》み付けながらドスの利いた声で言うと近衛前久は額から汗を流しながら沈黙した。

すると、

「海豚や鯨が獣と一緒というのは真《まこと》か？　直答を許す、大納言」

その声は冷静沈着との表現に合う高貴な声だった。

俺に聞いてくる帝。

「はっ、はい。嘘《うそ》偽りなきことにございます。生物学的に哺乳類として分類される生き物

でございまして、生きる場が海というだけのことでございます。魚との大きな違いは三つ。海豚や鯨は、子を卵ではなく生体で産みます。また、その子を乳で育てます。そして、呼吸の方法も魚は水から酸素を得る鰓《えら》呼吸ですが、海豚や鯨は私たちと同じ肺呼吸。その為、ずっとは潜っておられず必ず水面に上昇します。御前で捌《さば》いて説明出来れば一目でわかると思います」

俺は知識の限り答える。

帝は海豚の牛蒡《ごぼう》と味噌《みそ》煮《に》を見つめては、

「大納言が申す言葉が嘘には聞こえぬが？　関白？」

「……はい」

織田信長に睨まれた近衛前久は縮こまり、虫が鳴くような小さな声で返事をする。

「しかし、美味ではあるが、獣を食べるとは……だが、必要な食べ物か、いかがしたものか？　書物で唐天竺《からてんじく》では食べていると読んだ。確かに仏を理由にするには筋が通らぬことか」

「帝、牛や豚などは大変栄養価が高く、人の体を作るのに必要な成分がいっぱい含まれております。勿論《もちろん》、天武天皇の御触《おふれ》のことは知ってはおりますが、肉は体を作るのに必要なもの、どうかお許しを」

すると、織田信長も口を開いた。

「帝、儂がこの年になってもこうして働けているのは常陸大納言の料理があってこそ。唐の言葉である医食同源は真実の言葉。食は大切なことと、この男、この常陸大納言から教わりました。どうです、一度召し上がっては？　常陸、すぐ出せるな？　あれを」

「はい、一応、唐揚げ、とんかつ、ビーフカレーの用意はしてきていますが」

「ならば、すぐにお出しせよ」

信長《のぶなが》に言われるので、また台所へ行き、あらかじめ下準備してきた物を加えて調理して出す。

それを持ってまた戻ると、その場は静まりかえっていた。

そこに膳を並べると、信長が、

「お毒味、失礼」

最初に口に入れ、

「久々に常陸の料理、くぁ～美味《うま》い。今日のは辛みが強いのぉ、だが、これが美味い」

喜んで食べる。

それを苦々しい顔で見る近衛前久。

「帝《みかど》、お止《や》めください。このような物を食べるのは……」

帝は、それを聞いても手を止めずビーフカレーを銀の匙《さじ》で掬《すく》い一口食べると、

「ほう、これはまさに医食同源の名にふさわしき物、薬草がふんだんに入っているのがわかる。この辛みが食を進ませる。不思議な物よ」

二口、三口と食べ続ける。

「関白も食してみよ」

それを聞いて近衛前久も食べ出す。

約20分後、すべての皿が空となっていた。

「常陸大納言、これからはたまに参内して料理をいたせ。医食同源、大切なこと。ただし、食肉の禁止期をもうけ、獣たちの魂を鎮める日を作るはどうか?」

帝が言うと信長が、

「良きことと存じます。釈迦《しゃか》如来《にょらい》の誕生日・春秋の彼岸・盆がよろしいかと」

「その期間の食肉は禁じる詔を出す。太政大臣、大納言、あとは良きに計らえ。本日は大義であった」

帝は退室していった。

近衛《このえ》前久《さきひさ》もそれに続いて慌てて退室した。


この日、日本国で正式に食肉が解禁された。


「ふっ、近衛前久め、儂がおらぬ間に、常陸の名に傷を付けたかったのだろうがな。どうする常陸、ヤルか?」

「ははははっ、信長様らしい。ただ、古き文化を大切にしているのでございますから関白様はそのままで。そのような者も大切です」

「常陸こそ、お主らしいあまい答えよ」

「お二人は良くても私は肝を冷やしましたぞ」

「信忠《のぶただ》、朝廷は今までの形から変えていただく、そのつもりで接しよ。この国に王は二人もいらぬ」

「……父上様」

「私も同じに思いますが、帝という日本国の象徴は大切に守りたい。ただ、御側《おそば》で働く者があのように頭が固いと」

「常陸《ひたち》、お主は大納言、自ら参内して変えよ」

「……考えておきます」

《近衛前久とお江《ごう》》

こっそりとマコの護衛に御所に忍び込み屋根裏から覗《のぞ》いていたら……。

マコに意地悪なんて許せない。

殺しちゃっても良いけど、あからさま過ぎるよね。

そうなると怪しまれるのはマコだし、少しだけ脅しておくか。

牛車で御所を後にした関白・近衛前久をこっそり追いかけ牛の尻めがけて、小糸《こいと》ちゃん特製の薬を仕込んだ吹き矢を一発。

牛は暴れることなく、そこに座り込み寝てしまう。

「おおおお、何事、こら、こんなとこで寝るな」

家臣達《たち》が起こそうと牛に気を取られているうちに、そっと牛車の屋根に乗る。

「我は神の使いぞ。心して聞け」

声色を変えて、一芝居。

「なっ、なに、何事でおじゃりますか」

「我は神功《じんぐう》皇后の使い、御言葉を伝える。鹿島の神が使わせた者に逆らうことあらば、月《つく》読《よみのみこと》命の下に貴様を送る」

「ひぃぃぃぃぃぃ、ご勘弁くださりましぇ」

「何事も神の思《おぼ》し召《め》し、良いな」


そして、気付け薬を仕込んだ吹き矢を一発。

『ンモォォォォォォォォォォ』


小糸ちゃんの薬、良く効くなぁ。

牛は一気に目を覚ましたと思ったら真《ま》っ直《す》ぐ猛突進。

壁にぶつかって牛車はバラバラ。

潰れた牛車から抱えられて出て来た近衛前久は、真っ青な顔で震え上がっていた。

ちょっとやり過ぎちゃったかな？　テヘッ。

このくらいのお灸《きゅう》ならマコにバレても許してくれるよね。

「お方様、命じてくだされば、うちの配下にやらせますから」

霧隠《きりがくれ》才蔵《さいぞう》ちゃんが困り顔をしていたけれど、マコを守るのは他でもない私なんだから。

次は、命を取るよ。

そう人だかりの陰から近衛前久を睨み付け、その場を後にした。

◇◆◇◆◇

《左近衛《さこんえの》少将藤原《ふじわらのせんし》泉進朗《ろう》》

「少将、常陸大納言には手出し致すな」

「どうされたでおじゃりますか？」

「神功皇后の使いに忠告されたでおじゃる」

「なにを馬鹿げたことを。そのようなことあるわけがないでおじゃる」

「兎《と》に角《かく》、常陸大納言に手出し致すなら勝手にやるでおじゃる。麻呂はあずかり知らぬこと、よいでおじゃるな」

関白、使えぬジジイだったか。

ならば、麻呂自ら討つでおじゃる。

あの者、大層神社が好きと聞くでおじゃる。八坂神社改修の相談と称して呼び出して、その場で……。

◇◆◇◆◇

度々御所に参内するのは難しいので銀閣寺城で数日、御所の料理人に料理を伝授することにして、小糸達に任せていると、ある日手紙が届いた。

「左近衛少将藤原泉進朗?」

「はっ、使い番が置いていきました」

『おぼろげに八坂神社の修繕を致すよう頭に降りてきました。つきましては、神社仏閣寄進に力を入れていると聞く、常陸大納言様に八坂神社の修繕をご相談いたしたく。お越しいただけないでしょうか?』

「神社修繕って、おぼろげに浮かぶものなのか？　ん〜御神託?」

「ねぇ〜マコ〜それマコのことよく思っていない公家《くげ》の人だよ」

「よく知ってるな、お江？」

「うっ、うん」

目が左右に泳ぐお江、

「まっ、公家が死んだとは聞いてないから、ヤってはいないんだろうが、悪戯《いたずら》もほどほどにな」

「わかってるって。ねぇ～マコ、それ行かない方が良いって」

「そう言われても、本当に神社の修繕の相談なら協力したいから行ってくるよ」

「私も行くからね！」

「止めても無駄なのはわかってるって。ただし、すぐ近くの神社にぞろぞろ護衛を連れて行くなど武門の恥さらしなど言われかねないから、宗矩《むねのり》、佐助《さすけ》、才蔵だけとする」

神社境内で事が起きるのは不本意。

ないと良いが。

雪が降り積もる中、八坂神社に向かうと、

「お願いでござります。常陸大納言様にお願いの議これあり、お願いでござります」

紋付き袴《はかま》姿の町民が、竹先に手紙を付けて走り寄ってきた。

「これ、常陸様は民の声を大事にするお方、そのように致さなくても」

京の都での直訴に甚だ疑問を感じ、察した宗矩はすぐに抜刀出来るように構え辺りを窺《うかが》う。

すると、矢を射る弓の音がヒュッと聞こえた瞬間、その方向に吹き矢を射るお江。矢は宗矩が一刀両断。

凄《すご》い連係プレーだな！

松の枝から隠れ射た者は、口から大量の血を吐き出し、雪の上に落ちた。

お江の吹き矢には何が仕込んであるんだよ！　そっちの方が恐《こわ》いよ！

「かかるでおじゃる」

30人ほどの黒覆面が路地裏から抜き身の刀を持って襲いかかる。

桜田門外の変かよ！

30人、任せて良いな。座って見ているか。

次々に倒れていく刺客達。うちの最強護衛に、その人数ってねぇ。

「なにを余裕で見ているでおじゃりますか？　きぇぇぇぇぇぇぇぇ」

まるで示現流のような構えとかけ声でかかってくる顔面白塗りの公家は、俺が座ろうとした場所をめがけ斬りかかってきた。

俺が飛びのくと、座ろうとしていた丸太を斬りさいた。

中々の豪剣、

「藤原少将と見たがいかに？」

「いかにも、左近衛少将藤原朝臣《あそん》泉進朗、常陸大納言の首、頂戴するでおじゃる。

きぇぇぇぇぇぇぇ」

恐っ、白塗りのお公家さんが突撃してくる迫力は凄《すさ》まじい。だが、

「遅い、鹿島神道流秘剣一ノ太刀『雷鳴』」

高速の抜刀と共に辺りには雷のような音が轟《とどろ》いた。

「まさか一撃でおじゃ……るか」

白い地面に真っ赤な薔薇《ばら》が咲いた。

胴と下半身が離ればなれになった藤原泉進朗、

「雪が白いのは雪が冷たいでおじゃるから……」

疑問符が浮かぶポエムのような言葉を残し絶命した。

かかってきた他の者も宗矩達の手であっけなく殺されていた。

「マコ～久々に人、斬ったでしょ？　大丈夫？」

刀を収めた俺の手を強く握るお江。

「もう、あの時とは違うよ。大丈夫。俺は武士、そして大将。降りかかる火の粉を斬るくらいは平気になったさ。慣れた自分を少し恐く感じるけどね」

「マコは恐くないよ。大丈夫。仏だって時として悪を切り裂くんだから」

「不動明王ねぇ……」

「御大将、この者達いかが致しますか？」

「死んだ者はみな平等、敵であろうと手厚く葬ろう。ただ、この藤原少将だけは三条川原

でさらし首にして、俺を暗殺しようとし、幕府転覆を企てた者として高札出してね」

「御意」

三条川原に藤原少将の首が晒《さら》されると、織田信長《おだのぶなが》の下に多くの公家が起請文《きしょうもん》を持って挨拶に来ることになった。

しかし、それを好機とみた織田信長は、藤原少将につながる公家を手当たり次第、京から追放した。

「常陸、よくぞ心を鬼にした。関白が震え上がっていたわい。これから朝廷を大きく変えるぞ」

「信長様、俺は鬼退治の陰陽師なので、心を不動明王にしてとか言ってくださいよ」

「ぬはははははっぬはははははっ、そうであったな、ぬはははははっぬはははははははっ」

この後、織田信長に命じられた信忠《のぶただ》は、公家の監視を蒲生氏郷《がもううじさと》と佐々成政《さっさなりまさ》に命じ、幕府転覆を企てようとする者などが出ないよう目を光らせた。

それは朝廷改革の一歩だった。

帰国するため、信長に挨拶に出向く。

「信長様、帰る前に聞いておきたいのですがずいぶん日焼けされましたね。まるでサーファーだ。どこに行って来たのです？」

こんがり日焼けした信長に言うと、同じく日焼けした蘭丸《らんまる》がココナッツに穴をあけて細い竹の管を挿した物を持ってきた。

「うわぁ、まさかここでココナッツジュース？」

ココナッツ１００パーセントジュースを飲む。

不思議な感覚だ。

この時代で、安土《あづち》城で、これを飲むのだから不思議と言うしかない。

「常陸《ひたち》が申したところに行ってきたが、日差しが強い島だったな。暑い島国だ」

俺が以前書いた世界地図にあるハワイ諸島を信長は扇子で指していた。

「おぉぉ、父上様はこのようなところまで行かれたのですか？」

信忠は驚愕《きょうがく》の眼差《まなざ》しを向けた。

「長い長い船旅だったがな、ここまで行ってきた。行ってきただけではないぞ、同盟を結んで、小さな島を一つ割譲してもらった」

「力攻めですか？」

「常陸、あのような戦艦があれば脅すだけで十分であろう。だが、常陸の申したように武力は出来うる限り使っとらん。マカオを支配している南蛮の者には使おうと考えたがな。それより、このハワイの島々を統一しようとしているプルルンパなる者がおってな、手伝ってやったのだ。そしたら、小さな島を一つ献上してくれた上で、同盟を結んだのだ」

あれ？　史実時代線では確か、カメハメハ大王だかが、もう少しあとでハワイを統一するはずだったが、大きく歴史を変えてしまったみたいだ。

しかも、何ともいえない微妙な名の者が初代ハワイ大王……プルルンパ大王。

それはおいといて、

「ハワイは太平洋の要所、しかるべき者をおいて海城を築くべきだと思います」

「ん、誰が良いので、常陸殿」

「若い者が良いから、羽柴秀吉《はしばひでよし》家臣、福島正則《ふくしままさのり》などいかがでしょうか？　城造りの名手ですし、加藤清正《かとうきよまさ》でも良いかな」

「よし、そう猿に申しつけ連れてこさせよう。そう言えば猿めは儂《わし》の先回りに地ならしを考えていたようだが、この大海原は考えも付かなかったようだ。琉球《りゅうきゅう》を従属させるのが精一杯だったようだが、その先の大きな島をどうにかしようと考えているようだ」

「あ～秀吉殿とは先日話しましたよ。貿易を主として国を富ませるようにと説得しました。本当に聞いてくれるかわかりませんけどね。ただ、台湾は友好国として同盟を結んでください。あそこの民族は恩を仇《あだ》で返すような人達《たち》ではなく、未来では日本国が震災で窮地になると、多大な援助をしてくれたりしたんですよ。国としての形は勿論《もちろん》違いますが、人の心はそう変わらないはず。台湾、温暖地域の食べ物を手に入れるのに良い立地。絶対に敵対したり、搾取したり、植民地支配で虐げたりしないでください。時間の流れはちぐはぐになってしまいますが、俺は台湾の恩を仇で返すような日本人にはなりたくないのです」

「……常陸殿がそこまで申されるなら、幕府として正式な同盟の使者を立てましょう」

「ありがとうございます」

「常陸が申すなら仕方あるまい。確かに物事が前後してしまうが、そのように恩を受けたなら大切に扱う、それが大和魂。信忠、日本人の心を見せよ！」

「はっ、父上様」

この後、台湾は幕府が後ろ盾となり多民族を纏《まと》めて『台湾共和国』を樹立。

日本は台湾共和国と正式に同盟を結んだ。

明《みん》国は猛烈に抗議してきたが、羽柴秀吉率いる艦隊で脅し台湾海峡を封鎖。鉄甲船と大砲の威力の噂《うわさ》は、南蛮宣教師から耳に入っており、大きな戦にまでは発展しなかった。

しかし、このことで弱腰姿勢を見せた明国は少しずつ衰退を始め、ヌルハチが勢いづいた。清《しん》国建国が勢いづいてしまったかも。

ハワイには信長直轄の南蛮型鉄甲船艦隊の5隻を残してきたそうだ。

ハワイの一部が日本国になるとはハワイを勧めておいた俺自身が驚きだった。

「船の補修と補給を済ませたら、また、次の地に行くぞ」

目を輝かせる信長に信忠が、

「次はどこを目指されるのですか?」

「儂が目指すはここぞ」

オーストラリア大陸を指さしていた。

信長の今の目標はオーストラリアを日本国にすること。

地球儀で言えば縦の線を日本国にするという壮大な夢を持ってしまった。

先日オーストラリア大陸の話をしたばかりの信忠は、ただ驚いていた。

そりゃそうだ、オーストラリアを目指そうとする織田信長を誰が想像できただろうか?

俺が世界地図を書いて勧めなければ、このようなことにはならなかったわけだが、50を過ぎた織田信長は野望に満ちあふれていた。

「おっと、そうだった、蘭丸、二人を連れて参れ」

襖《ふすま》裏で待機している蘭丸に指示を出すと、着物を短くした、まるで平成の終盤に流行《はや》った丈の短い浴衣のようなものを着た二人の女が連れてこられた。

「「アローハー♪」」

「わぉぉ、褐色肌のロリ顔長身巨乳美少女ぉぉぉ、キャラの五重奏で情報量多過ぎ〜」

俺が思わず声を出すと信忠は驚き、信長は呆《あき》れていた。

「馬鹿者めが、呆れて言葉に出来ん。猿より女好きだな。茨城の暴れ馬とはお主の下半身のことか？　ほどほどにしとけ。それより、この者達、一人を信忠の側室、一人を常陸の側室といたす」

「へ？」

久々に癖である「へ？」の声を出してしまった。

「プルルンパの娘だ。船内で言葉は教えてきたから不自由はないと思うが」

「あの、無理矢理連れてきたとかですか？」

恐る恐る聞いてみる。

もしそうなら帰してあげたい。

「いいいえ、ちがうとでありんすデ〜ス」

「わたちたちは国とのつながりになるためにきたっぺよ〜キャハッ」

二人の少女は何とも不思議な日本語で今にも顔脇ピースの決め顔を見せそうなテンションで明るく言った。

「常陸、その方が欲望とは裏腹に女子を大切にしようとしているくらいは知っている。それを無下にすると思うてか？　女子が一人で夜道を歩ける国にする。その約束は忘れておらん。異国の女子とて連れ去りまがいのことはせん！　この者二人はプルルンパの娘、友好の礎となるために贈られた者ぞ。血の結びは何よりも濃いからの」

「申し訳ありませんでした」

俺は信長に頭を下げる。

それ以上怒られることはなく、

「あの、父上様、私は異国の女子は……」

信忠の表情はあからさまに苦手と語っていた。

自分より背の高い二人に目を丸くしていた。

俺よりも身長が高い。185センチからある。

顔は小さく、10頭身と言えそうなモデル体形。

異国人慣れしていなければ、確かに萎えるかも。

「そうか？　なら、常陸、二人を連れて行け。お主はこのような異国の女子が好きなのであろう？　いつぞや見せてもらった袋には、このような者の飾りがたくさんついていたではないか？」

「げっ、よく覚えてますね。確かに長身巨乳美少女も萌《も》えの推し枠ですけど」

本能寺の変のあと、俺が寝ている時にじっくりと見られた、リュックサックの中にあるポケットのファスナーには、褐色美少女のアクリルキーホルダーが誰にも見られないように隠されて付いていている。

しかも、いくつも、じゃらじゃらと。

メモ紙を挟むクリアファイルも褐色ヒロインが描かれているのを入れていた。

褐色肌美少女ロリヒロイン、それが一番好きなタイプの萌えキャラだ。

ドSのいじらしい埼玉県？　の、地名の名字を持つ後輩女子はドストライク。

いじられたい。

魔法少女に負けて現世でバイトをする、涙ぐましい褐色美少女魔王も好きだ。

小糸《こいと》と小滝《こたき》はそちらに近いか？　でも、最近、日焼けは薄くなっている。

日焼けで褐色だから仕方ないが。

このプルンパ王の娘は、ダークエルフ萌えヒロインだな。

間違いなく、好みだ。

「うっ、また側室が増えるとお初《はつ》に蹴られそう。でも、二人のことは引き受けます。取り敢《あ》えずはうちの学校で引き受けます。二人を離ればなれにするのは可哀《かわい》そうだし、たらい回しにするのも失礼だから。ハワイ国の使者としてうちで歓待します。生徒達にも異国文化、多様性を身近に接して貰《もら》う良い機会、刺激になりそうだし」

信忠が断った後、二人の娘を見ると、目に涙を浮かべて不安そうな顔をしている。

そんな美少女を路頭に迷わすことはできない。

俺は二人を学校に迎えることとした。

「ヨロシクでーありんすー、イエーイ」

「ヒタチサマが私たちをヨメにするって大王さん言ってたとおりだっでしたキャハッ」

「大王さん?」

信長《のぶなが》の顔を見ると、扇子で顔を隠していた。

うっ、くそ、また織田《おだ》信長の頭の中では想定済みだったのか。

「うち、異国人との溝が少々生まれそうだったから、それを拡《ひろ》げないためにも二人には活躍して貰いますよ。いや、働いて貰いますよ」

「ラララ、はたらく、好きでありんすヨ、イェーイ」

「リリリもだっぺ。てへぺろ、キャハハハッ」

う〜なんでこの二人、言葉使いがこんなに可笑《おか》しいのだろうか???

しかし、南国を思わせる輝く笑顔は絶えることなく、うちに連れ帰れば、学校が少し明るくなりそうと期待出来る。

アロハは踊れるのかな?

◇　◆　◇　◆　◇

銀閣寺城の俺の専用宿舎である銀閣寺に、二人の姫を連れて戻ると、二人は口をあんぐりと開け驚いていている。

銀閣寺、そう、銀箔《ぎんぱく》貼りの銀閣寺。

最近、銀の酸化で黒ずんだ為《ため》、銀箔が貼り直されたばかりで、鏡のように光っている。

銀色に光る建物を見ることなどあるはずもなく驚きを隠せないようだった。

銀は酸化しやすく黒ずむが、それを張り替えられる財力がある織田家。

建物でも、京都の公家《くげ》衆を脅している。

俺はこのド派手な銀閣寺が好き。

中が銀箔貼りは遠慮するけれど。

「さぁ、ここが、この城では俺の宿になってるから入って」

中に入るように促す。すると、

「あぁ～あ、やっぱり増えちゃったか～側室。初姉上様に蹴られないと良いね、マコ」

お江《ごう》が少し呆れ顔で言う中、小糸と小滝は二人を見て目を丸くしている。

異国人はそれなりに茨城城城下にもいるのだが、接近まではしていなかったのだろう、褐色肌巨乳ロリ美少女、１８５センチほどの長身でありながら顔は幼い、なのにボンキュッボンの体つきに、小糸と小滝姉妹は二人と自分たちを見比べていた。

「いやいや、外見は比べるものではないから。皆それぞれの個性が好きなんだから」

小糸と小滝は安堵《あんど》の小さな溜《た》め息《いき》を吐《つ》いて、

「でれすけのそういうとこ好き」

「姉様……もう、少し口をつつしんでくださいでした」

「はははは、良いって良いって。二人は家族なんだから遠慮しない。で、お江、この

「あっもう聞いたよ。異国の王の姫なんでしょ？　坊丸《ぼうまる》がお付きの人連れて説明していったよ。初姉上様に蹴られるってのは冗談。事が事だから大丈夫だよ、マコ」

　ケラケラ笑う。

「「アローハー」」

「あろは？　あろは？」

「小糸、気にするな、異国の挨拶言葉だ。二人は俺が断ると、たらい回しにされかねないから。それに、学校で生徒に異国文化に接して貰う機会としても良いと思うんだよ。側室にすると決めたわけではない」

「どうだか？　マコのことだから絶対、側室にするって……二人とも変わった匂いだけど、クンクン、良い匂いだし」

　確かに二人からはココナツを感じさせる甘い匂いが……クンクンクンクンクン……やばっ。

　性癖にもドストライク。

　だが、異国に来て不安そうな二人にいきなり側室とか強制したくない。

　二人が国の結びつきの役目でも俺と結びつきたいと思ってくれるなら良いが。

　本当は心底愛してくれるのが理想だが。

　いや、それより、冗談にはなっていない。城の警備を任せてからは、宗矩《むねのり》相手に毎日のように鍛錬していたお初の蹴りは、冗談レベルでは済まされない。

　二人はだな……」

俺が不安で青ざめる中、二人は挨拶をした。

「ラララにござるとでありんすイエーイ」

「リリリでありるとございますっぺキャハッヨロ～」

日本語が下手と言うよりもの凄《すご》く変な二人は、ラララとリリリ。双子だ。

ラララには右側に泣きぼくろ。

リリリには左側に泣きぼくろがある。

髪は腰まであり焦げ茶色。

瞳は綺麗《きれい》な薄い茶色で大きく鼻も高い。

そして、日焼けなのか地黒なのか？　ツヤツヤとした褐色肌。

……オイルを塗って欲しい。

肌に良い油？　小糸か小滝に聞いてみるか。

テカテカの日焼け肌、褐色肌にも良いが白肌にもオイル……テカテカ、これぞ究極の萌え。

俺の理想とする異世界に召還されたオタク魔王の魔族娘が仲間になりました！　ラノベ物語を彷彿《ほうふつ》とさせる。

脳内妄想はしまっておいてと。

「お江、小糸と小滝もだが二人は異国人、言葉もおかしいが風習・習慣も違う。偏見の目では見ずに、少しずつ日本の風習・習慣を教えてやって欲しい。二人の文化を馬鹿にするのは許さない」

3人に言うと、ラララとリリリは頭を深々と下げる。

このあたりは船で習ってきたのだろう。

「わかってるよ、マコ。私がそんな目で人を見て差別したりしないのは、わかっていると思っていたんだけどな！」

少しふくれっ面になりながら言うお江は、織田信長の姪《めい》にして浅井《あざい》三姉妹。側室の中でも出身身分で言えば一番の姉妹なのだが、お江の甘えん坊キャラのおかげで皆仲良くできているのは実は知っている。

甘えん坊キャラは計算されたキャラ、実は頭が良い。

お江の頭を優しくなでると、機嫌を直した様子でにんまりとしながら、

「んとね〜黒坂《くろさか》家では夜伽《よとぎ》は毎日交代制だから、抜け駆けは駄目だよ」

「ゲホゲホゲホゲホゲホッ、お江、その話はしばらく後にしてくれ」

「え〜、黒坂家では一番大事なことだよ」

お江が言うと小糸は小滝も激しく同意の頷《うなず》きしている。

「んと、だな、取り敢えず家にあがるときは履き物を脱いで足を綺麗にしてから入るとか、そういうとこから頼むよ。夜伽は側室にすると決めて茶々《ちゃちゃ》に了解を得てからだから」

「そっか、そこから教えないとならないのか。わかったよ、マコ」

とぼけ交じりに言うが、お江に任せることに不安は感じない。

すぐに、お江は身振り手振りで日本の生活習慣や最低限の礼儀作法を教え始めた。

ラララとリリリ、預かり人、側室確定ではない。

側室にするには正室である茶々の許可が必要なのが、黒坂家。

茨城城に連れて行くまではハワイの国から来た客人でもある。

そのため、夕飯は出来る限りの料理でもてなす。

うちの自慢の絞めたて揚げたて唐揚げに、八丁味噌《みそ》ダレがけ串カツ、カレーに天ぷら。

おそらく二人は初めて目にする食べ物のはずだ。

二人に出すと一口口にするものの、食が進まない様子。

「ん？　あれ？　口に合わない？」

「そんなことないとでありんす」

「びみでありますんだっぺ」

返事とは裏腹にぎこちない手で持つ箸は進まない様子。

「キャハッ」と「イエーイ」が消えているのも、あからさまにテンション駄々下がりしているとわかってしまう。

明らかに気を使っている。

「あっ、もしかして味付け濃いかな？　確かハワイ料理ってバナナだか、芋だかの葉に包んで蒸したりするんだよね？　ごめん、いきなりこれはキツいかな？」

俺が言うと二人は目を合わせ、なぜに知っているの？って顔をする。

すると、お江が、

「マコの知識は詮索しちゃだめなことになってるから注意してね」

にこりと笑いながらも闇を目に込めているお江。笑顔は二人に優しく教えている感じに一見見えるが身震いする二人。

その日は薄味の天ぷらだけは気に入った様子で食べる二人。

すまないことをしてしまった。

次の日、小糸と小滝に指示をして蒸籠《せいろう》で蒸した鶏と、塩茹《しおゆ》でにした塩味チャーシューを作らせると案の定、二人は喜んで食べる。

「ララ、リリリ、好みは皆あるから正直に言って構わないから。ちゃん食べないと、慣れない日本ですぐに体を壊しちゃうからね」

「そうだよ～、なんでも言ってね。マコの新作料理、美味《おい》しい」

お江は自分で醬油《しょうゆ》や味噌を加えて喜んで食べている。

お江、好き嫌いはないのか？

「ありがとうでありんす」

「わたしたちのこと、きにしてくださるんだっぺか？」

ララとリリリは、すまなそうに下を見ながら呟《つぶや》く。

なぜにリリリは田舎っぺなのか気になるが、

「まぁ～ね、日本には袖すり合うも他生の縁という言葉もあるし、客人に喜んで貰《もら》えるようにするのは日本の文化だよ」

言うと二人は首を傾《かし》げる。

「わからないか。まぁ～ね、縁あって知り合ったわけだし、遠慮はしないで。言うだけはタダだから」

俺が言うと二人は頷いた。

二人には塩味ベースの薄味料理を出すように小糸《こいと》と小滝《こたき》に頼んだ。

八丁味噌がけ串カツは流石《さすが》に無理だよね。

八丁味噌ベースのタレは、味の濃い物を好む織田信長用だったから。

小鉢に盛り付けられていた鮒寿司《ふなずし》を食べると、二人は大急ぎでどこかに消えた。

うっうん、それは無理だと思う。

近江《おうみ》育ちのお江の好物だから出されていたが。

俺達《たち》は常陸国《ひたちのくに》に帰るべく大阪城の港に行くと、港では信長《のぶなが》が働いていた。

元気だなこのおっさんは。

船の帆の張り替えや傷んだ所の修繕作業、新しい大砲を積むなど自ら指揮をしている。

大阪城は造船所や大砲製造所も兼ねていて、その区画は限られた者しか入れないが、それは俺の未来の知識で造られる数々の兵器を秘密にするためで当然、俺はフリーパス。

KING・of・ZIPANG Ⅱ近くにいる信長に帰郷の挨拶に行く。

「信長様、常陸に帰りますね」

「おっ、そうか、ならこれを持って行け」

まだ熟していない緑色が残るバナナやパイナップル、それと何やら植物の種を受け取る。

「この種はなんの種です？」

「南蛮人から観賞用に手に入れた。茶室に飾るつもりだ。赤く丸い綺麗な実が夏になる。鬼灯《ほおずき》みたいで雅《みやび》だぞ。茶々にでもくれてやれ」

育ててみないと何の実かわからない。幸村《ゆきむら》に育てさせるしかなさそうだ。

「ありがとうございます。そうだ、海外交易を活発化出来ているなら是非とも良質の鉄鉱石を買い付けてください。今、うちで大きな新たな仕組みのたたらを作るよう準備に取りかかっているので、成功すればお役に立つかと」

「そうか、わかった。各地で買い付けて常陸の国に送ろう。しかし、常陸が生きた時代も、このように船で幾日もかけて異国に行くのか？」

机に広げてあった地図を扇子でなぞって言う。

「船は移動手段というよりは輸送手段ですね。流石に風任せではなく絡繰《からく》りで造られたエンジン、風が無くても進む為《ため》の動力があり、船を進ませます。速さで言えば馬が走っているくらいの速さで昼夜問わず、波も風も関係なく進みます。ですが、それだと何日もかかりますからね。移動手段としては飛行機と呼ばれる空を飛ぶ船が造られ、世界をほぼ１日で移動できるようにはなります」

　信長は空を飛ぶ海鳥を見ながら、

「そうか、船は空を飛ぶのか。信じられないが凄いものだな」

「地球の外にも行って、月にすら人間は足跡を付けますから」

「月にか？　ははははっ、それは夢物語であろう？」

「いや、本当なんですよ。ロケット・スペースシャトルなどと呼ばれる乗り物により俺が生まれる前に人は月に行きましたし、俺の時代では火星と呼ばれる太陽の周りを地球と同じように回る惑星にどうやって行こうか、研究されていました。火星に移住しようなどといった研究も」

　俺が真面目に言うと信長は空を見上げて遠くに薄ぼんやりと見える、青空に白く飾られた月を見た。

「月には行けないだろうが、船を風任せにせず動かすことは、実現出来ないか？」

「蒸気機関と呼ばれる物が実用される最初の動力なんですが流石に……基本的な原理はわかっているので、試してはみるつもりですが、時間はかかりますよ」

「そうか、儂《わし》が生きてる間にできなくても良い。その技術が世界に先駆けて手に入れられるなら、日の本の国は間違いなく世界を制覇する。作れ」

「わかってます。それより、気になったのですが、リリリの言葉って誰が教えたんですか？」

「ん？　あれか？　あれは船に乗っていた兵で常陸国出身の者に教えさせたのだがな。常陸の側室にするつもりで気を使ったのだが、変になってしまったな、すまぬ」

「可愛《かわい》さ半減ですよ、あれじゃ。しかも、茨城弁になっていないし」

「まぁ、そう言うな、常陸が教育しなおせば良かろう。褐色肌の女子が好きなのであろう？　ん？　可愛がってやれ」

「褐色肌は正義！　汗をかくと艶やかに光る肌、大好物……保湿オイルを塗っても良し……褐色のプロのお姉さんとオイルプレーしてみたかった」

「なにを言っているのか良くわからんが、変態なのだけはわかるぞ！　お初《はつ》に刺されるなよ」

　信長は上機嫌だった。

　こっちはハラハラだよ！　お初に絶対怒られるな……。

　それより信長は未来の話をすると、夢を描くのか好奇心をかきたてられるのかワクワクとするのだろう。それは俺が異世界ラノベの世界に夢を見ていたのに近いかもしれない。

「あっ、信長様、それと異国に行ったら女子より植物の種や生き物を頼みますね。まだまだ、俺の時代には食べられていた育てやすい作物、美味しい作物がありませんから。健康にだって良い作物ありますから。あっ、弥助《やすけ》に言って明日葉《あしたば》の苗、送って貰おうかな。琉《りゅう》球《きゅう》の長命草も手に入るなら」

「ん、わかった」

「ヒタチ様、あしたば？　とやら、娘に届けサセマス」

「弥助～年端もいかない姫は本当に困るからやめて。成長したらね」

「うっ、気が付カレタ」

「ぬはははははっぬはははははっ、弥助ほどほどにしとけ。この女子好きの暴れ馬、自分に課した決め事は守る男」

「ハッ、上様」

「御大将、支度が調いました」

力丸《りきまる》が呼びに来たので俺は自分の船に乗船し帰路に就いた。

またしても小糸は船酔いに苦しんでいたが、ララとリリは平気なようで、海岸線に見える景色を楽しんでいた。


鹿島港から茨城城に戻る。

茨城城の大手門で馬を下りると、牛車に乗っていたララとリリが口に両手を当て驚きの表情。

「わぁぁぁぁぁぁぁぁぁぁぁぁ」

「いやぁぁぁぁぁぁぁぁぁぁぁ」

悲鳴に似た驚きの声。

そりゃそうだ、茨城城自慢の名工・左甚五郎《ひだりじんごろう》作、鉄黒漆塗風神雷神萌《もえ》美少女門、風神雷神のラ●レ●姉妹、鬼がかっている美少女門に無反応だったら逆に凄《すご》いと思うよ。

「ラララちゃんも、リリリちゃんも、こんなんで驚いてたらマコ部屋なんかに入れないよ！　入ったら気絶しちゃうよ」

お江《ごう》はケラケラと笑いながら言う。

「「うぇぇーイ」」

ラララとリリリは、微妙に下がったテンションで驚いている。

大太鼓がドンドンドンドンと鳴り響きその門がゴォゴォゴォゴォゴと開くと、門番が、

「大殿様の御帰城にございます」

大声を上げた。

門を潜《くぐ》ると、茶々達が列になり出迎えた。

「ただいま帰った。お～武丸《たけまる》、彩華《いろは》、仁保《にほ》元気でチュか～」

茶々に抱かれている息子に声をかけると武丸はムスッとした顔で手を挙げる。

彩華と仁保は笑顔でキャッキャキャッキャキャと喜んでくれる。

うん、武丸、大物の貫禄《かんろく》。ふてぶてしい態度の赤ん坊って、なんでこんなに笑える存在なのだろうか？

「お帰りなさいませ、で、増えましたね？」

茶々《ちゃちゃ》がラララとリリリを見て早速聞いてきた。

「うん、そのだな……」

説明しようとすると、

「みなまで言わなくてもわかります。それに義父上《ちちうえ》様から早馬で知らせが来ましたから」

一を聞いて十を知るのが茶々だ。

それに何気に織田《おだ》信長も気を使ってくれている。

「まだ側室にと決めたわけではないが、許してくれるのか？」

「私が許さなかったら信忠《のぶただ》様に断られた二人はおそらく、信雄《のぶかつ》様や信澄《のぶずみ》様の所に離れ離れになって行くことになるのでしょ？　異国に来て、ただでさえ心細かろうに、たらい回しにして、さらに姉妹を離す。そのような辛《つら》さを味わわせるわけにはいきません。私をそんな惨《むご》いことをする妻だと思っていたのですか？」

「まさか、茶々はなんだかんだ言って優しいから」

「まぁ良いでしょう。二人のことはもちろん許しますよ」

「そうか、すまぬな」

「悪いことしてると思っていないのでしょ？　謝る必要はありません。それに悪いことをしていないと私も思いますわよ。政略婚は当たり前、今まで真琴《まこと》様が少々お優しすぎたのです。異国の姫も私は想定していましたわよ。真琴様くらいでなければ、そう容易《たやす》く受け入れられないと思いますから」

しっかり目を見つめ力強く言う茶々とは対照的に、お初が、尻を軽く蹴ってきた。

「異国の女ねー、好きなんでしょ？　こんな感じの女子？　乳のデカい女子」

図星をさしてきた。

「う、うん。乳のサイズは関係ないぞ。おっぱいちっぱいみんなおっぱい、うわぁ〜短刀を抜くな、洒落《しゃれ》にならないからやめろ〜」

「ふっ、その舌、斬ってくれようかと」

茶々がお初の背中をポンと軽く叩《たた》いて首を振っていた。

冗談とわかっていても額から汗がドバドバ吹き出る。

お初に剣術教えるんじゃなかった。

自分で自分の首を絞める結果になろうとは。

「冗談よ。それより、皆との約束は守りなさいよ。誰か一人だけを可愛がるようになったら刺すからね！」

「お初、冗談になってないから。それよりこの二人はラララとリリリだ。お供の老夫婦二組も付いてきている。茶々、後のことは頼んだ」

ラララとリリリにはお供として、ハワイから初老の夫婦が二組付いてきている。

こちらは言葉がなかなか通じないが頭だけは下げている。

「アローハー　ラララでござりますでありんすイエーイ」

「アローハー　リリリともうすんだっぺキャハッ」

この二人の挨拶を直さないと。

「はい、よろしくお願いしますね。まずは言葉から直さないと。誰が教えたんですか？」

茶々も笑いをこらえ同じことを思っていた。

ラララとリリリは正式に側室候補になった。


「あっ、そうそう、茶々は従五位下少納言常陸介《ひたちのすけ》をいただいたから」

「私に官位ですか？　しかも常陸介まで」

「学校制度が上手《うま》くいっているのが評価されてだよ。俺が知る時間線でも従五位下を賜っていたはず」

「有り難きことですが、私は常陸は名乗りません。常陸は真琴様だけが相応《ふさわ》しいですから」

「なら、黒坂《くろさか》少納言茶々だね」

「署名するときはそのように致しましょう」

茶々はあまり官位に興味を示さなかった。


ラララとリリリが来て1週間後、茨城城に大雪が降った。

俺がいつもの本革仕様熊の着ぐるみプ○さん毛皮を着て丸くなりながら庭が見える廊下で降り積もる雪を眺めていると、

「わわわわわ、まっしろでありますとですイエーイイエーイイエーイ」

ラララは庭に裸足《はだし》で駆けだし喜び、

「すごいかっぺすねっだっぺ、キャハハッ」

なぜか日本語がおかしくなる一方のリリリは雪を両手で掬《すく》っては上に放り投げて遊んでいる。

褐色美少女巨乳ロリと雪の景色はとても絵になる。


『雪フルル　褐色美少女　戯れて』


一句詠んでいるとハイハイを覚えたての武丸に軽く太ももを叩かれた。

武丸はそのまま廊下を突き進んで行く。その後を桃子《ももこ》が笑いながら追いかけていた。

なぜだろうか？　誰かツッコミを教えているのか？

彩華が後ろ足を引きずるズリズリハイハイでニコニコしながら近づいてくる。

彩華を左手で抱き上げる。

仁保が寝返りでごろんごろんと転がって近づいてくる。

「なぜにそうなったー」

思わず突っ込みを入れると後ろにいた桜子《さくらこ》が抱き上げる。

茶々達《たち》は交代で育児をしながら、任せてある仕事に復帰しつつある。

桜子は仁保を抱きながら隣に座ると、

「なぜか今はこれがお気に入りみたいなんですよ、転がりすぎて気持ち悪くなるみたいなんですがね」

少し困り顔で言う。抱えられた仁保は目をぐるぐるさせていた。

仁保を俺の股の間に座らせ二人を抱くと、とても温かい。

桃子もようやく捕まえたのか武丸を抱いて隣に座った。

「おにいちゃん、私も早く自分の子を抱きたいです」

字面にすると相変わらず問題発言だな。

「うっ、うん。頑張るけど、これればかりはどうしようもないから」

「おにいちゃんの陰陽力で、どうにか出来ないのですか？」

「陰陽師は万能じゃないから！……子宝祈願はちゃんと毎朝、祭殿にはしているからね。お市《いち》様に言われたけど、自身の子を抱くのが女の幸せなのだから頑張りなさいと」

「まぁっ、お市様がそんなことを？　私達にまで気を使ってくださるなんて」

涙をポロリと落とすと、武丸はペチペチと桃子のほっぺたを叩いて励ましているようだった。

「たけまるさま、いろはさま、にほさま、ゆきですよでありんすよ　イエーイ」

軽く握った雪を渡してくるララ。それを武丸が手に取り、小さな両手で温め溶かしては泣いた。

「たべてもおいしくないですんだっぺ　ゑ～イ」

微妙なテンションでリリリは残念そうに、おにぎり状の雪を放り投げた。

「あー雪は基本、水だから味はしないぞ」

「ふしぎでなんだっぺ」

「それより薄着で体、冷やすなよ。雪食べて腹、冷やすなよ」

腹巻きでも学生に頼んでみるか？　ん～褐色美少女に腹巻きは残念な姿だな。

毛皮のベストくらいは着させよう。

あっ、モコモコのピンク色の服を着たギャル好きだったなぁ～あれ出来ないだろうか？

夏様には臍《へそ》が見えるセパレート型の着物を作らせようかな。

それより今は目の前のこと、雪食。この時代の雪は綺麗《きれい》だ。

空気が化学物質などで汚染されていない。

この時代は雪を洞窟や専用の保存庫に冬のうちに押し固めて詰め、夏まで保存して、暑い季節に食べるという高級かき氷も存在する。

だから雪を食べるのをやめなさい。と、俺の価値観で注意してしまうのは間違いな気もするので、これ以上は言わない。

俺の価値観の普通と、この時代の普通は違うのだから。

夏場、越後《えちご》などから京の都や江戸に運ばれて、公家《くげ》や将軍が食べたらしいが、その場合、砂糖汁をかけるらしい。物足りない気がする。

練乳は欲しいな。練乳の製法ってなんだ？　牛乳を煮詰めれば出来るのだろうか？　ちょっとわからないが、フルーツシロップは作れるな。

「おっ、これはいいかも」

夏に作って献上すれば喜ばれるかなと、料理のアイデアが一つ浮かんだ。

夏に氷の上にかける物。

良きかな良きかな。

◇◆◇◆◇

「ひたち様は胸が大きな人が好きなんですか？」

「え～私たち全然」

泣きべそを掻《か》いて突如、千世《ちよ》と与祢《よね》が走り寄ってきた。

「ちっぱいおっぱい夢いっぱいと言ってだな、小さなおっぱいにも夢や希望が詰まっている。嫌いじゃないぞ、うわぁぁぁぁぁぁやめろ～お初《はつ》ぅぅぅぅぅ」

突如後ろから襲ってきたお初に尻をめっちゃ蹴られた。

「何馬鹿なこと、幼子に吹き込んでんのよ。馬鹿じゃない！　本当に馬鹿！　千世、与祢、気にすることはありませんわよ」

「そうだぞ、ちっぱいのお初と小《こ》滝《たき》だって皆と同じように夜伽《よとぎ》を。それにお初の乳は美味《うま》い」

　バシッ
「だから変なことを吹き込まないで」

「え？　ひたち様、おっぱい、飲んでいるですか？」

　千世と与祢が危険を感じたのか、胸に手を当て一歩後ずさりをした。

「あぁ、それは少し理由があるのよ。乳が出過ぎて搾らないとならなくて、そしたら真琴様が飲むって」

　ちっぱいのお初は意外にも乳の出が良く、搾らないと乳腺炎に罹《かか》ってしまう為《ため》、盥《たらい》に搾っていた。それを試しに舐《な》めてみると意外に甘味があり、美味。夜伽再開したお初の乳を堪能、いや、これ以上語ると怒られるから黙っておこう。

「そうですか～やっぱりひたち様はお乳好き」

「小さくても大きくても好き？？？」

「もう、二人混乱してるでしょ、っとに阿呆《あほう》なんだから。ほら二人も、もうそんなに乳を寄せてあげてしない！　それより16になって真琴様の側室になりたいなら、何でも食べて、しっかり武術の鍛錬をしておくと良いわよ」

　お初が二人に言うと、二人はなぜに武術の鍛錬？　という顔を見せて首を横に傾けた。

「体力が必要なのよ、真琴様のお相手は。それに子を産むとき体力を使うわよ」

「母上様は12で兄上様を産んでいますが、私は16まで待たないと駄目なのですか？」

前田《まえだ》利家《としいえ》、無茶し過ぎだから。松《まつ》様、11歳で妊娠って。

「そこはほら、真琴様がちゃんと説明しなさい」

「うん、体が大人になる前に子を作ると、出産の時、母子ともに命の危険があるから。だから俺は側室に迎える最低年齢を設けているんだよ。茶々《ちゃちゃ》の時からずっと、そうしているんだからな」

「それだけは真面目に守っているわよね、若い子好きなくせに」

「当たり前だろ、命に関わることなんだから。良いか、二人とも、俺の側室になるってことは一度忘れて、学校でよく学び、しっかり食べて体をちゃんと作りなよ」

「うん、いっぱい食べるから、おやつ頂戴」

「私もおやつ〜」

「あはははははははっ、千世と与祢は相変わらずだな、はははははっ」

◇◆◇◆◇

「ヒタチ様、私たちを側室にしてくれないとでありんすか？」

1か月近くしして突如しんみりとララが言い出した。

「子供うみたいっぺよ」

何事にも動じない武丸《たけまる》を抱いてリリリも続けて口を開くと、武丸がなぜか頷《うなず》いていた。

武丸、お前は理解しているのか？

「そもそも、俺のこと好き？　俺は二人とも好みでテンション高くて明るいところ好きだけど」

二人は学校の生徒に明るく接しながら、ハワイアンダンス『フラ』を教え、異国の文化に接する先生として、生徒に慕われ人気となっていた。

『フラ』は、手の動きに様々な意味を込めた静かなダンスで、日本舞踊につながる所があり、生徒達にも受けが良かった。

「私たち、変だっぺよ？　それでも怒らないで優しい目で見てくれて、この男なら良いと思ったでありんす」

「私もお姉ちゃんと一緒だっぺよ」

「変ってなんだろうね？　普通ってなんだろうね？　異国の文化で育ったんだから、『変』って言葉に囚《とら》われては駄目だよ。でも、そっか、そう思ってくれているなら喜んで二人を側室に迎えたい……抱きたい」

「イエーイイやったー」

「キャハッ子作りできるキャハッ」

二人はハイタッチして喜ぶ。俺の側室になることをこんなに喜んでくれるのが嬉《うれ》しい。

許可を出すと二人にも夜伽交代誓約書を書かせる茶々、冷静だな。

「『私たち、ハワイの神を信じ続けたいでありんす』」

流石《さすが》双子、ハモって言うなんて。

「どうしましょう真琴《まこと》様？　書かせないわけには他の側室の手前いきません。特に小糸《こいと》達は不服に思うでしょう」

「二人とも約束をしないと言っているわけではないし、俺は改宗は強制しない。ならさっ、ハワイの神で良いと思うけどだめかな？」

「真琴様がそう言うならかまいません。自分たちが信じる神に約束をすることがこれの意味ですから。二人とも、島で信じていた神に誓って書いてください」

「「イエーイイ」」

茶々は、その返事にびっくりしていた。

文字を持たない文化の二人は覚えたてのひらがなで、ぎこちなく『かぁねのかみにちかう』と書いた。

『カーネ』？　生殖の神様だったような？　大丈夫なのか？

大丈夫じゃなかった。

二人は……絶倫……。

ダンスで鍛えられた腰で何度も求められた。

「うっ痛たたたたたたっ、俺の体がミシミシ言ってるよ」

雪が珍しく降り続く中、梅子《うめこ》が具合が悪いと茶々から聞かされる。

「真琴様、梅子は調子が悪いので、しばらく役務からは外します。理由はご自身で聞いてくださいね」

にこやかに微笑《ほほえ》んで言ったので大体想像が付いた。

部屋に様子を見に行くと、筋肉質ワイルドガールの元気いっぱいの梅子が珍しく布団に横になって、すやすやと静かに寝ていた。

看病をしていた小糸に、

「梅子の具合はどうだ？」

聞くと首を振り、

「私の口から言うわけにはいかないっぺよ。梅子の方様から直接聞いたらよかっぺ。でれすけ」

「あ～もう流石にわかったぞ」

「私達《たち》も早くもらい受けたいわ」

そう言い残して小糸は退室して、梅子と二人っきりにしてくれた。

布団の横に腕枕でごろんとしてしばらく寝顔を見ていると、気配に気がついたのか梅子が目を覚ます。

「あっ、御主人様、申し訳ありませんのです」

「謝ることなどない、そのまま横になっていなさい。どこが一番辛《つら》い？　なんでも言って」

「その、悪阻《つわり》がひどくて」

「やはり出来たのか？」

梅子の手をがっしり握って聞くと、ニッコリと微笑み、

「はい、ありがたいことに赤子ができましてございますです」

「おっし、4人目キターーーーーーーーーーーーー」

ガッツポーズで喜びを表現すると梅子が涙していた。

「おお、どうした梅子？　なぜ泣く？」

「4人目なのに、そのように喜んでいただけるとは思っていなかったものでです」

「なにを言う？　子供は何人いたって良い。それに側室皆に、一人ずつは産んでほしいくらいなんだからな。皆に自分の子を抱かせる喜びを与えるのが側室として皆を抱いた俺の役目なはず。お市《いち》様にも、そう忠告されたしね」

「ありがとうございます。そう言っていただけるなら桃子《ももこ》もきっと喜ぶと思います」

「う、うん。頑張るよ。それより梅子、食べたいものはないか？　作るぞ」

「そんなとんでもない。御主人様の手を煩わせるなんて。大丈夫にございます」

「しかし、悪阻が酷《ひど》くても何か口にしておかないと体が持たないから、食べたいものはちゃんと言って」

「先ほど、小糸さんが作ってくれた『こづゆ』は少しいただいたのですが……。あの、申し訳ないことですが酸っぱい物が欲しいです」

「遠慮する必要はないよ。俺の子を身ごもっているなら、そのくらいのことを言うのに、なにをはばかる。今まで一生懸命支えてくれた家族なんだから、身重の時くらい遠慮はするな。そっか酸っぱいものか、果物で良いかな？　それとも酢の物系かな？」

側室になっても下働きを続ける桜子《さくらこ》三姉妹は出身身分が低いせいか家臣達にも腰が低い。さらに学校の生徒達にも腰が低く、優しく接し料理を教えている。

あまりに腰が低いので生徒達が恐縮してしまっていた。

茶々が指導はしているみたいだったが、生まれ持った性分なのか、なかなか直らない。だから、我《わ》が儘《まま》などとは無縁。

着物だって買ってあげなければ、着回しで済まそうとする。

給金はちゃんと払っているのだが、ほとんど使っていない。

こんな時くらい夫として希望を叶《かな》えてあげたい。

「蜜柑《みかん》なんてどうだ？　こないだのパイナップルはちょっと手に入らないけど、三河《みかわ》の三ヶ日《みっかび》蜜柑とかなら頼めるよ」

「蜜柑大好きです。ご無理でないなら、お頼み申し上げます」

「梅子、君たち姉妹は俺の嫁なんだから、もっと気楽に接してよ」

「どうもこれに慣れてしまったので、このほうが気が楽なのでございますよです」

「ははははっ、仕方ないか。まぁ〜ゆっくり休んで。仕事は気にすることないからね」

「はい、御主人様」

梅子の為に蜜柑を買い付けに伊達《だて》政道《まさみち》を走らせると、政道は大急ぎで瀬戸内まで馬を走らせ最上級の蜜柑を買い求めるという行動に出た。

鮟鱇《あんこう》仕入れの時にも注意をしたんだけどな。政道に頼むと、ろくに寝ないで馬を走らせる。

これは韋駄天《いだてん》という別名を持つ伊達の性分なのだろうか？

次からは日数を指示して買い出しに行かせないと、っていうか、蜜柑、広すぎる城の庭に植えるか？　何気にみんな妊娠の時、酸っぱい物が食べたいと言う。

これからも妊娠は続きそうだし、続いて欲しいから城で収穫出来るようにしておいた方が何かと便利だろう。

庭木はプチ果樹園にしたい。

子供達の教育にも良いだろう。

「政道、蜜柑を苗ごと仕入れてきてくれ。期限は3週間とする。必ず休み休み運んで来てくれ。韋駄天の伊達は、有事の際まで封印を命じる。宗矩《むねのり》に南蛮型鉄甲船1隻出させるように許可を出すから、その船で買い付けてきてくれ。三河殿のとこに行けば譲ってくれるはずだ」

「わかりましてございます。しかし、ゆっくりとは、うぬぬぬぬぬ、難しい、走りたい、夜通し走り抜けたい」

「駄目だって、っとに」

政道が良くても付き合わされる家臣が大変だろう。

ブラック企業黒坂《くろさか》会社の誕生は阻止せねば。

政道は仕入れに行き、命じたとおり3週間で蜜柑の木が30本が運ばれてきた。

政道、熱海《あたみ》の港に入り兵士達に湯治を命じて時間を潰したらしいが、イライラしていたと船の兵士が宗矩に告げたそうだ。

伊達政道、常に動いていないと駄目なのか？

ん～なにか仕事を考えるか？

そうやって届いた蜜柑を城の中でも日当たりが良く暖かな南側の庭に植える。

やはり庭は、果樹園にしよう。

◇　◆　◇　◆　◇

正月、重臣の森力丸《もりりきまる》・前田《まえだ》慶次《けいじ》・柳生《やぎゅう》宗矩・真田《さなだ》幸村《ゆきむら》・山内一豊《やまうちかずとよ》・藤堂高虎《とうどうたかとら》を茨城城に呼び出す。

彼らは今まで織田《おだ》家から派遣されている与力だったが、力丸を除いて黒坂家直臣にすることを織田信忠《のぶただ》から許してもらえた。

大広間にすでに話は通してはある重臣が裃《かみしも》姿で改まって並んで座っている。

「皆、忙しい中の登城、御苦労様。聞き及んでいる通り皆は黒坂家の直臣となった。よって織田家からの給金がなくなるので、皆、俺からの給金を加増する。力丸から聞いたが信《のぶ》長《なが》様からの支給は1万石だったらしいな、よって、そのまま1万石相当の領地を常陸《ひたち》国内でそれぞれ城主を命じてる城付近に与える。それだけではなく皆、十分過ぎる働きに報いるため、1万石と合わせて年間大判で10枚の現金を給金として加増する」

俺が奉行として造った貨幣『天正和円』。

1両大判＝100万円なので、年間1千万円の給金だ。

彼らには家臣も大勢いるので安いくらいだが、既に3万石から5万石ほど領地として与えているので、現金支払いのほうが都合が付く為《ため》だ。

それを言い渡すと慶次が代表して、

「かしこまりましてございます。これまで以上に黒坂家発展の為に働かせていただきます」

珍しく真面目な表情で言う。

直臣としての長は前田慶次だからだ。

「黒坂家というより、日本国の為と思ってほしい」

宗矩が、

「もちろん、皆、御大将のお心をわかっております。新しき改革を常陸国で続け、それを広げ織田家を支え日本国の国力を上げる。それが御大将のお考え」

「その通りだ。知っての通り俺は織田家家臣ではないが幕府重役っていう曖昧な立場だ。だが、織田家に弓引くつもりなどない。取って代わろうなどという野心はない。このことはゆめゆめ忘れずに働いてくれ」

言い渡すと、皆は一斉に

「「かしこまりましてございます」」

返事をして頭を下げた。

「御大将、常陸国北部に造りました城、一段落はつきましてございます」

藤堂高虎が胸を張って言う。

「そうか、ありがとう。本当に造らせておいて悪いが、その城はかねて言っているように伊達政道を城主とする。藤堂高虎、久慈川の河口に近くに新たな海城を築くことを命じ、その城の城主に任命する。城の名前は『日立港城』。大型船の出入りを想定した貿易の要となる城を頼んだぞ」

藤堂高虎に新しい城の築城を命じる。

「城主、私を城主にしていただくとは、ありがたき幸せ」

まだ出来てすらいないのに、礼を言われるのが不思議な感じであった。

「茶々《ちゃちゃ》、金の工面を頼んだ。日立港はこれから作る鉄などの産物を日本の各地に出すことを想定している。未来への投資だ」

「わかっておりますわよ。真琴《まこと》様が無駄な城を建てないことくらい。ですが、どうです？　古い城を破却して流用しては？　古き城をそのままにしておくと野盗などが住んでしまいます」

「そうだね、無駄に木を切り出さなくても良いように使っていない城は破却して、建物や石などを流用して構わないよ」

「では、その辺りは大工奉行殿と摺《す》り合わせて築かせていただきます」

「うん、甚五郎《じんごろう》に手伝うよう命じるから。さて、今宵《こよい》は俺の料理を食べ、飲んで休んでまた、明日から頑張ってくれ」

　俺はこの日、肝にたっぷり脂がのる旬の鮟鱇でどぶ汁を作って、日頃の働きを労《ねぎら》った。

　森力丸は、下野《しもつけ》・宇都宮城を居城として決め、自身の信頼している家臣を城代に命じ、常陸国の改革をそのまま取り入れることを決め、学校の設置や鉱山開発、農業改革に着手した。

「御大将、この石灰がよろしいので？」

　下野から早速試し掘りして採った石灰を茨城城に運んで見せてくれた。

「これは土壌改良に良いからね。幸村に渡して。それと、下野森家の産物だから、うちとしてはお金をちゃんと払うから上手《うま》く調整して。森家もちゃんと儲《もう》かるようにね」

「はっ、遠慮なくいただきます。常陸国からは金を取らずに他に売りつけようと考えていたのですが、それだと他から不満も多く出ましょうから。それに、どうせ断っても御大将は聞き入れないでしょうし」

「はははははっ、長い付き合いだからわかってきたね。下野は森家の領地、しっかりと領民が豊かになるよう頑張って」

「はっ」

《女子会》

「なんでしょうかね、伯父上様も、どういったおつもりで異国の娘を真琴様にあてがわれたのか？」

お初《はつ》が言う。

茶々、お初、お江《ごう》、桜子、梅子《うめこ》、桃子、小糸《こいと》、小滝《こたき》、ラララ、リリリは畳敷きで長い囲《い》炉《ろ》裏《り》のある部屋で織田信長からの土産のバナナを食べながらお茶を飲んでいた。

「お初、国と国が縁を深めるときには血脈でつながるのが一番」

「それはわかってはいますけど、何も真琴様に二人をって」

お初が言うとラララとリリリは少し顔を下に向ける。「迷惑でしたか?」と、表情が語っていた。

「えっ、ラララちゃんも、リリリちゃんも、マコの好みでしょ? マコの隠し持ってる袋見たことあるけど、なんかビードロみたいなんだけど軽い不思議な板に日焼けした美少女が描かれてて、いくつも持っているみたいだよ」

真琴がタイムスリップしてきたときに持ってきたリュックの中にはアクリルで出来た褐色肌巨乳ロリ美少女アニメキャラキーボードが入っている。

「お江、いつ見たのですか? そのことは、というか、あのことを口にすることは控えなさい」

「え〜でも、茶々姉上様と初姉上様は知ってるんですよね? 桜子ちゃん達《たち》だって知っていても良いと思うけどな」

「ええ、真琴様から直《じか》に聞きましたから、あの袋がどういった物かも知っています。ですが、お江、そのことは今後一切ふれてはいけません」

「初姉上様、私もマコから教えて貰《もら》ったよ。初夜の床で」

「あの〜私達は、御主人様にどんな秘密があろうとも構いません。それに絶対に漏らしたりしません」

桜子《さくらこ》が言うと梅子と桃子《ももこ》も頷《うなず》くが、小糸と小滝は聞きたそうにしていた。

「わかってはいますが、駄目なものは駄目。良いですか、このことには一切ふれてはいけません。それは黒坂真琴という人物の絶対隠さねばならない秘密。これ以上詮索するのは私が許しません」

茶々が言うとそれに合わせたように、お初が帯に差してある小太刀を見せ、側室達を威嚇した。

「わかったよ～マコが消えたら困るし寂しいし嫌だから忘れるよ。でもね、マコは日焼けした肌で着物の面積が少ない子、好きみたいだよ、しかも乳が大きいな娘」

「肌の色はどうにもならなくても、着物なら出来なくないですです」

桃子は今着ているオーソドックスな着物をちらちら見ていた。

「御主人様が作るスクール水着とやらで前掛け付けて家事をしたら、御主人様は喜ぶかな……」

「桃子、お止《や》めなさい。風邪を引いたらむしろ真琴様は悲しみます。それに火傷《やけど》でもしたら、自分を大切にと怒られますわよ」

「確かにそうですね、茶々様」

身ごもっても、いまだに真琴の子供を産んでいない桃子と小糸と小滝は、短く改造されているララ達の着物を見ると『ヨシッ』と小さく声を出し頷いていた。

少しは装いを真琴好みにしようと、学校の生徒に配給しているセーラー服に身を包んだ。

明くる日から、冬だというのに膝丈より上のスカート、セーラー服で真琴の身の回りの世話をしていると、

「その、生足は大好物なんだけど、冬は冷えるからやめなさい。体冷やしたら駄目だよ」

案の定注意されてしまう。

桃子達はララ達は良いのか？　と、疑問に思うが、同じくララ達も冷えるから、という理由で真琴がいつも着用している西洋型の服、ズボンを無理やり穿《は》かされ、茨城で一昔前の女子高生が冬場にしていた、制服スカートにジャージを穿く埴輪《はにわ》スタイルという、なんとも微妙な服装になってしまう。

ミニ丈着物は暖かくなるまで禁止された。

◇◆◇◆◇

俺は磐城《いわき》と常陸の国境の史実世界線で言う、北茨城に伊達政道《だてまさみち》と共に南蛮型鉄甲船で向かう。

藤堂高虎に任せておいた城が完成したので、かねて計画していたとおりに伊達政道を城主として任命、その受け渡しの確認のために出向く。

北茨城市の絶景で知られる五浦《いづら》海岸から少し北に向かうと、入り江を利用した港が築かれている。

その港も城に含む海城。

南北に細長く、北は平潟港《ひらかたこう》、南は大津港《おおつこう》という二つの港を持つ城。

北端の岬には灯台を兼ねた天守が建っている。

「政道、この城、五浦城を頼んだぞ」

海から眺めながら言うと、政道は、

「まさか本当に城をくださるとは思ってもいませんでした。しかも、常陸国にとってこの地は北からの守りの要。よろしいのですか？　伊達を信用なされるのですか？　兄上様と結託するやもしれませんよ」

政道の兄はあの伊達政宗《まさむね》だ。

「大丈夫、政宗殿の目はすでに海の外だよ。この前、夜通し話したら日本国の小さなことに驚いていたし」

伊達政宗とは磐城湯本温泉でじっくり語り合った仲、細かくではないが世界地図をざっと書いて日本がどれだけ小さな国で、その中で同族人種がどれだけ争ってきたかを語ったのだ。

「御大将は本当に不思議だ。海の外の国の魅力をよく語られる」

「ここだけの話だが、行ったことあるからね。だから日本がどれだけ小さな国であるかは自分が一番わかっているから」

「御大将自ら異国にですか？」

「はい、ここまで。これ以上は禁則事項です」

俺の好きなライトノベルヒロインのモノマネをしながら口に人差し指を当てて言うと、

政道は壺《つぼ》にはまってしまったのか大笑いしていた。

「あはははははははは、なんですか？　それは？」

「細かいことは気にするな。五浦城は見ての通り港が複数ある。港は平時は民に開放して漁をする者に好きに使わせてくれ。いずれは一つを軍港にし、そして貿易船が出入りするようにしたいと考えている。頼んだぞ。それと、ほかの家老職と同格になるように2万石を加増する。合わせて4万石だ。側近纏《まとめやく》役奉行の仕事はこれから最上義康《もがみよしやす》に引き継いでくれ、政道は常陸国《ひたちのくに》北方開発担当奉行とさらに、飛脚奉行を命じる。韋駄天《いだてん》の速さは手紙のやり取りで生かしてくれ。家中の連絡もそうだが、民達が安心して手紙を送れるようシステムの構築……飛脚事業を黒坂《くろさか》家の公式な生業とする」

「はっ、かしこまりましてございます」

ネーミングセンスのなさは俺自身わかっているが、わかりやすい役職名にした方が何をする家臣・重役なのかわかりやすいと考えてネーミングする。

「北方開発としてまずは、ここからすぐの陸地、関本・中郷と呼ばれる地で石炭採掘を始めてくれ、政宗殿手配の金堀衆と力を合わせて頼む。金堀衆は政道の家臣として雇ってくれ」

「はっ、仰せのままに」

そして俺はあらかじめ用意しておいた地図を政道に渡す。

「この地を掘れば良いのですね？　陰陽力で占った地ですね？」

地図を見ながら言う政道。

「うん、そういうところだ」

陰陽師の力だけでない。未来の知識。常磐《じょうばん》炭鉱の歴史を授業で習い、中学時代に興味が湧き、お祖父様《じいさま》に頼んで連れてきてもらい散策したことがある。

坑道入り口跡までお祖父様《じいさま》が知り合いの郷土史に詳しい方に頼んで案内してくれた。

その地を思い出しながら地図に書いた。

常磐炭鉱と言うと、どうしても福島県いわき市のイメージが強くなるが、北茨城市にも坑道の入り口は存在し、昭和の半ばまでは使われていた。

日本の戦後復興を支えた石炭。

海外の安い石炭、そして重油やガスの輸入が安定すると少しずつ閉山していった。

しかし、石炭を掘り尽くしたわけではない。

さらに、茨城県沖には原油・天然ガスがあるのでは？　そんな研究も発表されていた。

なんでも、この五浦城の岸壁に出ている地層は、日本では珍しい『炭酸塩コンクリーション』というらしく、それを調べた結果らしい。

五浦・六角堂付近はてっきり人工的に塗り固めたコンクリートだと子供の頃は思っていたが、自然的に出来た物だと知って驚いた。

茨城県って、珍しい地層のオンパレードじゃん！　タ●リさん、来ないのかな？

本職の石や地層を専門とする大学教授すら唸《うな》らせる知識の中に『炭酸塩コンクリーショ

ン』は入っているのだろうか？　気になる。

それは置いといて、いつの日かまた、常磐炭鉱が形を変え復活する日が来るかもって、俺は時代を遡っているわけだから逆か。

それより石炭安定供給も早急に進めないと、製鉄改革が遅れてしまう。

どこよりも早く、産業革命を成し遂げなければ、織田信長《おだのぶなが》は、日本を世界一に出来ないだろう。


船から下りると藤堂高虎《とうどうたかとら》が出迎えた。

「立派な城をありがとう。景観を崩さぬよう配慮しながら砲台を計画的に配置している。流石《さすが》だ」

前回も褒めたが、また褒める。

「お褒めの言葉ありがとうございます。その言葉に恥じぬよう次の城に取りかからせていただきます」

「藤堂高虎、この度の築城まことに良し。よって黒坂家家老職とし、久慈川河口付近に1万石を加増、合わせて3万石の領地を与える」

「ありがたき幸せ。また、恩賞いただけるようすぐに出立いたします」

藤堂高虎は久慈川の河口に向けて出発した。

俺は五浦城に1泊した後、茨城城に帰る。

今回も、伊達成実《しげざね》から磐城湯本温泉湯治の誘いが早々に来たが、それは丁重に断った。

◇◆◇◆◇

梅の花がほころびだし、ホーホケキョと鶯《うぐいす》の声が聞こえだした頃、笠間《かさま》城一帯を任せてある左甚五郎《ひだりじんごろう》から知らせが届いた。

『金砂《かなさ》神社の御神体清めの大祭礼、田植え前にしたいとの申し出があったので、これを許可いたしました』

高山右近《たかやまうこん》に邪魔されてしまった大事な神事を行うという。

「宗矩《むねのり》、すぐに足軽を集めてくれ」

左甚五郎から届いた手紙を見せながら言うと、

「御大将、大祭礼を取り締まるというのですか？」

困惑の声を宗矩が出した。

「馬鹿か？」

織田信長のまねをすると、宗矩はため息交じりに、

「御大将、わかっておりましたが敢《あ》えて言わせていただきました。私みたいに近くで働いている者ならすぐに警護だとわかりましょうが、新しく雇った家臣などは勘違いいたしま

すので御発言には十分注意してください。改めて聞きますが足軽達《たち》に御神体の警護をさせるのですね？　高山右近、ルイス・フロイスを追放したことでキリシタンの襲撃があるかもとお考えなのですね？」

「うん、ごめん、言葉には気をつけるよ。足軽は御神体一行を守るため出して、まさかとは思うが、テロ……襲撃などは絶対許さない。いかに政治で問題を起こそうとも武力を用いなければ、宗教には寛容であり続けたい。警護の兵は脅し道具。取り締まりを厳しくするためではないから、そこら辺は上手《うま》くやって」

「あらかじめ多くの兵をこれみよがしに付けていれば、それは心配なきかと」

高山右近とルイス・フロイスを追放してもバテレン禁教令などは出していないため、キリシタンに改宗した多くの者は領地に残っている。

そのような者の中に、今回の追放の発端となった大祭礼に恨みを持つ者がいないとは限らないと考えたからだ。

「では、すぐに」

宗矩はが手配した兵、およそ５０００の足軽隊が金砂郷に入ると大祭礼は粛々と進められた。

常陸太田から日立の海岸まで、およそ75キロメートルの道を、御神体を載せた神輿《みこし》が進む。

最終的に、その神輿から下ろされた御神体が、海で清められるのが、この金砂神社の大祭礼。

　史実世界線では日本で最長周期と言われる72年に1回という祭りなのだが、それは水戸《みと》徳川《とくがわ》家になってからのことで、佐竹《さたけ》家統治時代ならもっと短い周期で行われていたとされる。


　2週間後、無事に大祭礼が行われたことの礼に、金砂神社の神主と高山右近の行いを直訴した村長・長介《ちょうすけ》が茨城城に登城した。

「この度の御配慮、重ねて厚く御礼申し上げます」

「いや、こちらこそ相性の良くない高山右近に任せてしまって悪かった。申し訳ない」

「そんな、もったいなきことでございます」

　神主は床に額をこすりつけるようにしていた。

「そのことは互いに忘れてこれからのことを決めよう。大祭礼だが、12年周期で行うこととするが良いか？」

「12年、ちょうど干支《えと》が一回りいたして良い区切りかと思います」

　俺は72年周期で平成に伝わる祭りを12年周期と定めた。

「これから田植えの季節だな、よく実るよう祈ってくれ」

「かしこまりましてございます」

大祭礼に兵を出し、厚く遇したのが話題となって領民に広まっているのを俺はこの時は知らなかった。


しばらくして、左甚五郎が忙しい中、困り顔でわざわざ登城してきた。

「どうした？　そんな困った顔をして？　こないだの大祭礼の差配は新免《しんめん》が取り仕切ってくれたのであろう？」

「はい、滞りなくいたしてくれたのであっしは特に手出しはしていないのですがね、御大将が大祭礼を厚く遇したので、会いたいという者が現れまして。話を先に聞いたのですが、どうしたものかと……」

なんとも言いにくそうに言う。

「誰が会いたいと申しているのだ？」

「笠間稲荷《いなり》神社の新しい神主なのですが、それが、連れてきたのは良いのですが、あの門に見入ってしまったのか立ち止まってしまって動かないのです」

「大手門のあれか？」

「鉄黒漆塗風神雷神萌《もえ》美少女門に見とれてしまったようで」

「おっ、なかなか見込みのある神主ではないか？　よし、会いに行くぞ」

俺は動かなくなってしまったという神主を見に門に行くと、座り込んで見ていた。

「これ、黒坂常陸様ぞ」

左甚五郎が声をかけるが微動だにしない。

俺はその隣に座り肩に手を回して、

「良いでしょ」

「素晴らしい、とても素晴らしい、これは神々しさを感じる」

目を輝かせて手を合わせる神主。

「で、あなたは誰です？」

「黒坂常陸守《ひたちのかみ》だ。この門の素晴らしさがわかってもらえて嬉《うれ》しい」

「申し訳ありません。私は笠間神社で神主を務めます、佐伯昆々《さえきこんこん》と申します」

「なにか用があると聞いたが？」

「常陸大納言様は神社に対して信仰厚き方と聞き及んで厚かましいお願いではございますが、修繕いただいている本殿に合わせまして山門を造っていただきたく、参ったのです。先の高山様の影響でキリシタンに改宗する者が多く、その、言いにくいのですが、笠間城の南蛮寺が素晴らしく負けており、どうか寄進を」

「なるほどね、確かに笠間城内の南蛮寺、高山右近が力入れすぎたもんね。あまり絢爛豪華《けんらんごうか》とはいかないけど、山門の寄進しかとわかった。甚五郎、高虎が造る城の手伝いで忙しいだろうが山門も頼む」

「弟子達が育ってきているので手分けしてっ佐伯殿？」

また、見入ってしまう佐伯昆々を最上義康《もがみよしやす》と甚五郎が抱えて城の広間に運んだ。

門の前だと気が遠くに飛んでいた佐伯崑々に言い聞かせるため、甚五郎に再び命じる。

「笠間一帯には高山右近のことで迷惑をかけてしまったからな、後々の世まで続く門を造ってくれ。頼んだぞ甚五郎」

「もちろんあっしはそれが本業なので、かまいませんが、門、どんなのにします？」

門の造りの話をしていると、襖《ふすま》を器用に開け入ってくる武丸《たけまる》。

武丸が黙々と部屋の四隅をタッチして、ぐるぐるとハイハイをしている方が気になる。

後ろから彩華《いろは》と仁保《にほ》のハイハイ部隊が続いた。

小滝《こたき》が、

「お話し中、申し訳ありませんでした」

一緒にハイハイしながら続いていた。

ちきしょうー可愛《かわい》いやんけっ！

4人に見とれてしまう。

子供達の世話は乳母を雇わず、さらに女中の手を出来る限り使わず、交代制で側室が行うと茶々《ちゃちゃ》が決めた。

家族は家族が見る。

側室全員を子達の母とする。

茶々の希望。

お初《はつ》達もそれに賛同してくれ、仕事の日と養育の日、そして休日と交代制。

1日専任者が一人で3人を見るので手一杯。

俺も在城時見張るくらいなら出来るので、居住区の出入りは子供達の自由にさせるよう申しつけ、目の届くところで遊ばせている。

来客とはいえ、家臣と領民なので気遣い無用。

特に難しい話や子供に聞かせられない話でもない。

その為《ため》、襖の外で警護に座っている佐助《さすけ》達は止めなかった。

ハイハイ部隊がゴロンゴロン部隊に変わったりしている。

気がそちらに向く。

神社の門、鹿島神宮山門の実績もあるから、任せて良いだろう。

「それは二人で決めてもらってかまわない。お金は財務を任せてある茶々と力丸《りきまる》との相談で決まるから俺からは言えないが、あまり贅沢《ぜいたく》な造りでなければ問題ない。あとは任せる」

武丸の後ろを付いていく。

「たけまる〜いろは〜にほ〜どこに行く〜」

そのことがどのような結果になるかは……よく話を聞いておくべきだった。

◇
◆
◇
◆
◇

水戸城下の街道整備を山内一豊《やまうちかずとよ》に、那珂川《なかがわ》治水工事と合わせて命じている。命じてある街道は一度細い道を造り、そこから道幅を拡《ひろ》げていくやり方で少しずつ少しずつ太くしていく。

この拡げる幅も細かく指示。

右側通行で上り下りに分け、片側3メートル、両方合わせて6メートル幅になるように指示。

領地の下総《しもうさ》から常陸《ひたち》を南北に走る街道。

史実歴史線で言う、茨城県民には『六国《ろっこく》』と呼ばれる国道6号線を造らせている。

それを巡察する。

春の木漏れ日の中、馬に乗りながら100人程の警護を連れ最上義康と共に遠乗り。

「街道沿いに木を植えるように指示してくれ」

俺が言うと義康はメモを取る。

「なんの木に致しますか？　やはり桜ですか？」

「桜も良いが、梅や桃、林檎《りんご》に梨、柿に花梨《かりん》、栗《くり》。栗は花がアレ臭いが、まあ良いか。桃栗三年って言うから実るのも早いだろうし。それと銀杏《いちょう》など兎《と》に角《かく》、実がなる木を中心に植えてくれ。桃栗三年柿八年……」

「柚《ゆず》の大馬鹿十八年」

「えっ、続きあったの、この言葉？」

「らしいです。真田《さなだ》様が申しておられました。胡桃《くるみ》の大馬鹿二十年とも。それより街道にそれらを植えたら、腹を空《す》かせた者が勝手に取りますよ？　いくら、御大将の命で植えられた木々でも、人の目がなければ。街道近くの者は手出ししなくても、腹を空かせた旅人は食べてしまいます」

「それで良い。少しでも飢えを凌《しの》げる工夫が大事。それが広まれば空いている土地や庭に植えたりもするだろう。果樹を広めるためには領主が見える形で始めるのが一番」

「ん～僕にはまだわからないお考えですが民が飢えなければそれで良いと言うなら、山内様に各地担当代官に通達を出すよう指示を出します。しかし、なかなか道幅広いですね」

「そうか？　馬車を走らせるつもりだから、まだまだ狭いのだがな」

「馬に牛車のような物をひかせるのですか？」

「そうだ、物流の流れを海路だけでなく、陸路でも良くしたいからな」

「なるほど、御領地だけでなく、日本国中がつながる道となれば、よろしいですね。その道、山形に続くようにしたいです」

「山形ね～うん、街道開発整備は幕府にこの道をモデルケースとして提案する」

「御大将、すみません。また、わからない言葉で書けないのですが」

　ついつい出てしまう言葉。

「模範事例ということだよ」

「わかりました。模範事例と……僕、まだまだ未熟で申し訳ないです」

「ははは、力丸や宗矩達《むねのりたち》みたいにツーカーになるには時間がかかるさ。さぁ〜今日は帰ろう。日が陰るとまだ寒いな」

「でました、常陸様の寒がり。それは僕でもわかります。毛皮、持ってきてませんもんね、帰りましょう」

「仕方ないだろ、寒いものは寒い。昼間暖かかったから持って来るの忘れたよ。さぁ、城まで競走だ、えいやー」


夕暮れの街道を馬で走り抜けた。

元祖茨城名物暴走族?

◇◆◇◆◇

陶器を作る職人達に任せてある耐熱煉瓦《れんが》の試作品が届いた。

それを組み上げ試作となる小さな新踏鞴《たたら》を茨城城の城下の開けた水辺で製作する。

燃料となる石炭は俺が炭鉱開発を勧めた伊達政宗《だてまさむね》が大人員で採掘を開始し、早々に掘り当てた。

常磐《じょうばん》炭鉱だ。伊達政宗も無茶し過ぎ。

仕事の速さが韋駄天《いだてん》って。

その石炭が、検分してくれと届いたので、それを利用する。

新踏鞴の形は、ひたちなか市で平成時代に見たものを再現。

幕末期に作られた反射炉だ。

それのミニバージョンで高さは2メートルほど。

組み上げて完成した試作反射炉に責任者である国友茂光《くにともしげみつ》が火入れをし、どんどんと石炭をくべ、火力を上げていく。

真っ黒い煙をもくもくと上げながら、炎が燃え上がると、

「まさか、石ころが燃えるとは」

驚きの声が職人達から上がった。

「この黒い石は石炭という。太古の昔、植物だった物が地中に埋もれ圧縮され長い年月をかけて、このように変化したのだ」

「へぇ～本当、殿様は博識だっ」

俺が説明すると家臣達は不思議な物だと手に取り、石炭の黒く鈍く光る様を見ていた。

火力はどんどんと上げられ鞴《ふいご》で風が送られる。

成功に思えた瞬間、
ドドドドドドッ

もろくも崩れ落ち、あたり一面熱気と煙に包まれた。

家臣達は慌てて俺を囲んで防御をしている。

力丸が近づくことを許さなかったため元々少し離れた場所から見ていたが熱風は届いた。

「逃げろ、とにかく逃げろ、消火など後回しだ、逃げろ」

避難を命じる声を出来る限り出し続けた。

2時間した後、遠くから盥《たらい》リレーで消火すると、崩れ落ちた試作反射炉が見えた。

「けが人はいないか？　死人は出ていないか？　皆いるか？」

かすれる声で周りに聞くと、皆は全身を真っ黒にしながらも立っていた。

「御大将、軽傷の火傷《やけど》の者はおりますが、大事ありません」

力丸が言う。

「火傷をした者は、小糸《こいと》、小滝に必ず診てもらえ、遠慮はいらぬからな」

辺りは静まり、煤《すす》で黒い顔がさらに暗くなっている空気を感じた俺は、

「ははははは、そうか、大事ないか。皆笑え、笑え、お互いの黒い顔を見て笑え、ぬははははははははっ」

「大殿……わはははははは」

「大納言様も真っ黒、あはははははっ」

お互いの顔を見比べては笑いが少しずつ起きていた。

「良いか、皆よく聞いてくれ。1回で上手《うま》くいくなどとは思っていない。皆、大事なことを喜べ。失敗は成功の元、この度のことで誰かが責任をとって腹を斬るなど許さぬからな、良いな。今日は作ろうとしていた物の形が見えた、それで良いではないか？　力丸、あとで酒と肴《さかな》をみんなに配ってやってくれ」

「はっ、かしこまりました」

「次こそは必ずや成功させてみせます」

国友茂光は、口の中まで真っ黒にしながら言った。

「次などとは期限は設けない。安全をなにより優先して試作を続けてくれ」

「なんとも慈悲深きお言葉で」

真っ黒い顔を袖で拭う茂光。

「しかし、煉瓦、余りましたね。失敗か……道にでも敷くのに使いますか？」

積み残っていた試作耐熱煉瓦を見る力丸。

「いや、使い道はある。これは後日、城に運んで組み上げてくれ」

「御大将、何に使われるのですか？」

「料理に使える。炭火くらいの火力なら耐えていた様子だし」

「え？　これで竈《かまど》ですか？」

「まあ、良い物が作れるから」

俺は先ほどの燃え上がる炎を見ながら、ある物が食べたくなっていた。

俺の食への意欲が湧いてきてしまった。

石炭の火力に耐えられなかった試作耐熱煉瓦を利用して、茨城城内の開けた庭に竈を作らせた。

開けた場所にしたのは念のため。

そこを薪と炭で温めさせる。

「副将軍のお料理バンザイ」

ふざけて台所で言ってみると、助手となる桜子《さくらこ》と桃子《ももこ》が首を捻《ひね》っていた。

「今日は何を作るのですか?」

桜子が料理の名を聞いてきたので、

「ナンでしょう」

俺が言うと桃子が、

「何ですか?」

「ナンです」

「御主人様、何を作るか教えていただけないと」

少し不機嫌な顔をする二人に小麦粉を練ってもらうと同時に、小糸と小滝《こたき》にカレーを作ってもらう。

二人が作るカレーは薬草が増え格段に味わい深いカレーに進化した。

『薬膳カレー』という名が合うであろうカレー。

「では、これを竈に貼り付けて」

小麦粉を練って手の平大に広げてもらった物を俺は竈の側面に貼り付けた。

数分でこんがりと焼き上がる。

「何ですか？　これは？　パンの代わり？」

桜子が再び聞いてきたので
「だから、さっきから言ってるじゃん、『ナン』って食べ物なんだよ」

「おにいちゃん、わかってやってましたね？　私たちが聞き返すのを」

少しふくれっ面で桃子が珍しく拗《す》ねた。

「ははは、怒るなって、俺も初めて聞いたときには何回も聞き返したんだから。このくらいのことでそう頰を膨らませてると、かわいい顔がおかめさんになっちゃうぞ」

子供の時に突如、日本に広まった食べ物、『ナン』。

いつのまにやら定着してしまう食べ物なのだが、流行《はや》りだした当時、

『インド料理のお店でね、美味《おい》しい物見つけたの』

『何て言うの？』

『ナンて言うの』

『え？　私は知らないから聞いてるのに』

そんな会話があっちこっちであったらしいことを笑い話として聞いた。

皆に夕飯に出すと、

「マコ、これ、美味しい。何て言うの？」

お江《ごう》が言うと、すでにそのやりとりをした桜子達は笑いをこらえていた。

「ナンでしょう」

「え？」

……。


うちの食卓は楽しい。


ララ・リリリは茶々《ちゃちゃ》の教育のおかげで少しずつ日本の風習に慣れてきている。

言葉もかなり改善された。

それでも食事にはなかなか慣れない様子。

さらに俺が作る平成飯はどうも苦手な様子。

先日作ったナンはカレーは付けないで食べていた。

「カレーも口に合わないか？」

ララが夜伽《よとぎ》の時に聞いてみると、

「ゴメンナサイ、どうしても合わないとですでありんす」

「謝ることではない。味覚は幼き頃から染みつくもの、そうそう変わらないさ。やっぱりバナナの葉とかで蒸した料理が良い？」

聞くとコクリとうなずく。

「バナナは手に入らないからなぁ、何か考えるよ」


そんなやりとりをした数日後、俺は利根川大改修工事を川で小舟に揺られながら巡察していると、大きな葉に薄いピンクの花が水辺で咲いている物を目にした。

「もう、蓮《はす》が咲く季節か、綺麗《きれい》だな……蓮……蓮の葉、おおっこれがあった」

家臣に蓮の葉を刈ってもらい城に持ち帰った。

その葉を使って梅子《うめこ》が捌《さば》いた鶏をじゃが芋と一緒にいれ、蒸籠《せいろう》で蒸し上げる。

さらに餅米も同じように蓮の葉で包み蒸す。粽《ちまき》だ。

その日の夕食は葉に包んだ蒸し料理を中心に出してみると、ラララとリリリが目尻に涙を浮かべながら食べていた。

「どうした？　不味《まず》かったか？　可笑《おか》しいな」

慌てて聞くと、

「マコ、二人は故郷を思い出しちゃったんだよ」

「そうではないのでありんす」

「ちがいますっぺ」

ラララとリリリ。

「大納言様が私たちのことを気遣ってくれた料理が本当にうれしくてでありんす」

「みんなも一緒に薄味のこのような料理食べてくれるなんてと思うとうれしいっぺ」

目尻の涙を拭く二人にお江が、

「えっ、これも美味しいよ。マコが作る料理、みんな美味しいよ」

茶々がラララの背中に手を当て、桜子もリリリの背中をさすりながら懐紙を渡していた。

「バナナとはいかないが、蓮の葉や笹《ささ》の葉、朴葉《ほおば》で包んで蒸した料理なら、我々日本人だって食べているから、そうそう無理をしているわけではないぞ。気にしないでちゃんと食べてくれ。ここ常陸《ひたち》に来て痩せ細ってしまったなどと言わせたくない。食べなければ必ず病気になる。医食同源。食は大切だ」

「マコが単純に二人の豊満な体を維持したいだけでしょ？」

「うっ、お江よりもあるおっぱい……うっ桃子、そこで後ろから揉《も》んで比べようとしない、お初《はつ》は自分のちっぱい見ない！」

「うっせっ」

バシッ
「なんかその、ちっぱいの響きに悪意を感じるんだけど」

オッパイチッパイ夢いっぱい。

今、言うのはやめておこう。

「こういった味の薄い料理は子供達《たち》の食事にも使いやすいから良いのですよ」

桜子が上手くフォローしてくれた。

見ると、小滝が蓮の葉を食べようと必死の武丸《たけまる》に、それをやめさせようと格闘していた。

「武丸、蓮の葉は硬いだろ、腹を壊すって」

「ふっん」

武丸は鼻息で返事をした。

子供達は離乳食が始まっている。

今日の蒸し料理はそのまま細かくするだけで良かったので、手間が一つなくなったとのことだ。

武丸は蓮の葉を取り上げられると、自らの手で細かくした料理をわせわせと摑《つか》んで、口に運び、鼻息荒く食べている。

豪快だな武丸。

彩華《いろは》は、お初が匙《さじ》で食べさせ上品にもぐもぐしており、仁保《にほ》は蓮の葉を破いてご機嫌で遊んでいた。

我が子の成長は早い。

見ているととても楽しい。

◇　◆　◇　◆　◇

《梅子》

小糸《こいと》が私の腹の子を診てくれた。

「梅の方様……です」

「お願い、それはみんなに黙っておいて。お願い、産むまでは黙っておいて」

「でれすけ大納言様、陰陽師ですものね。忌み嫌い流せと言いかねないぺか？」

「うん……やっと出来た子なのに。私は産みたい。産んで罰せられるなら私が罰を受けるわ」

「私も女、気持ちはわかっぺよ。このことは他には言わない。約束すっぺ」

黙っているようお願いした。

まさか、こんなことが。

陰陽師であられる御主人様は、どのように思うのでしょう。

始末せよと言うのでしょうか。

その時は私が家を出るしか。

蓄えはある。

もしもの時の為《ため》に貯《た》めてきた給金があれば、子供を育てるくらいは出来る。

生まれる子をどう守れば良いのか考えると日に日に不安が増した。

ようやく授かった子だったのに……。

◇◆◇◆◇

1590年6月22日

梅雨のさなかで大雨が続く中、梅子が産気づいた。

その知らせは俺が天守で執務をしていたときに来る。

流石《さすが》に4回目、慌てることなく俺は城内の鹿島神宮から分祀《ぶんし》している社殿に入り拝んだ。

「祓《はら》いたまへ清めたまへ守りたまへ幸与えたまへ、武甕槌《たけみかづちの》大神《おおかみ》よ梅子の無事の出産に力を貸し与えたまへ」

すると、黒い雲が立ち込めていた空に雷鳴が鳴り響く。

おぎゃあ――――――。

おぎゃあ――――――。

「え？　あれ？」

外を覗《のぞ》くと社殿の外で蓑《みの》を着て傘を被《かぶ》り待機している力丸《りきまる》が、梅子付きの女中から耳打ちされている。

「生まれたのだな、だがどうした？」

戸惑っている女中と暗い顔をしている力丸。

「そっ、それが……」

言いにくそう。

なにか不測の事態があったのかと慌てて奥の間に行く。

今日は転んで泥だらけになどなっていない。

襖《ふすま》の手前まで行くとなぜか、

「「おぎゃあーーーーー」」の赤子の声がステレオだ。

ん？　武丸達にしては変だ。

襖からそっと顔を出したお江が、

「心して見てね」

いつもの笑顔が見られない。

梅子に何かあったのかと恐る恐る開けると、二人の赤子を抱いている梅子。

「嫌です、片方を取り上げるなど嫌ですーーーーーーーーー、私が一人で育てますから許してーーーーーーーーー」

出産したばかりで顔面蒼白《そうはく》なのに必死に抵抗していた。

それを宥《なだ》めるようにお市《いち》様が、

「でもね、双子は良くないと昔から言われているの。だからね、殺しはしないけど他に預けさせてほしいの。そうね、私が責任を持つわ。近江《おうみ》大津で蒲生《がもう》殿に頼めば大丈夫。蒲生殿なら、あなたも知っているでしょ？」

何やら説得を試みているお市様とそれに抵抗する梅子、どうしたものかと悩む茶々達。

「どうしました？」

「この通りなんですが」

二人の赤子を指さす。

「おっ、双子？　すごいよ、双子かぁ～うわ～俺の子に双子か～成長楽しみだな～梅子二人一遍に出産大変だったでしょ？　とにかく落ち着いて」

双子の誕生に困惑していたお市様や茶々達が不思議そうにしている。

「常陸様、双子はその、畜生腹と申しまして忌み嫌われ、一人は寺社や家臣などに渡し別の子として育てたりいたすのが一般的なのですが」

「義母様《かあさま》、その必要はないですよ。双子や三つ子や四つ子だろうと問題ないです。子種となる核がたまたま分離したり、受精時に卵子二つに受精したりするだけで、そのように嫌う意味は全くないのが科学的医学的にわかっているので、引き離すような真似《まね》はしなくて良いのです。うちで二人とも他と変わらずに育てますよ」

必死に子を取られまいとしていた梅子は、

「御主人様～御主人様～御主人様ぁぁぁぁぁ」

大声を出して泣いた。

「よしよし、3人を引き離すことはしない。約束するから、わかるな？　俺の言葉信じられるよな？　落ち着いてくれ、梅子の体に障る。桜子《さくらこ》、桃子《ももこ》、少し二人を頼む」

　赤子を桜子と桃子が抱く。

「陰陽に精通している常陸様、いえ、未来の知識のある常陸様がそう言うなら」

「あっ、義母様、それ言っちゃダメなやつ」

　お市様も気が張り詰めていたのだろう、思わず言葉に出してしまう。

　幸い、今この部屋には俺の側室、部屋の外は力丸だけだったので良かったが、茶々《ちゃちゃ》、お初、お江《ごう》以外は「なにを言っているの？」と言わんばかりに目を丸くしている。

「母上様、それは皆に内緒でしたのに。皆、今の言葉は後々説明します。が、今は心に秘めて誰にも言ってはなりません。赤子のことは当主である真琴《まこと》様の命に従います。良いですね？」

「はい」

　側室達の返事が小さく聞こえた。

「今はこの子達のことが大切。黒坂《くろさか》家当主である俺が命じる。この双子は城で皆と同じように育てる。忌み嫌う必要も意味も理由もない。我が子として武丸達と同じように城内で育てる。他家に預けることはしない」

　命じると出産を手伝っていた皆は静かに頭を下げ、襖の外からも力丸が、

「御意」

と言うのが聞こえた。

梅子《うめこ》は泣きじゃくりながら俺に抱きつき、

「ありがとうございます。ありがとうございます。黙っていて、ごめんなさい。私、聞かされていたんです。やっと授かったのに始末されるんじゃないかって不安で不安で言い出せなかったんです。御主人様ぁぁぁぁぁぁぁ、本当にごめんなさい。うぁぁぁぁぁぁ」

「うん、わかったから。大丈夫だからな。落ち着け梅子。そして、立派に産んでくれてありがとうな。安心して休んで」

「うわぁぁぁぁ御主人様ぁぁぁぁぁ」

頭を右手で撫《な》でながら左手でしっかりと抱きしめてあげた。

隙間から入ってきたハイハイ軍団が、双子を見てキャッキャと手を叩《たた》いて喜びの声をあげた。

その姿にみんながようやく、ニコリと笑う。

「真琴様、二人に名を。女の子です」

「そうか、姫か、可愛《かわい》く育てよ。常陸の神から神力を借りすくすく育つように願いを込め名を授ける。那岐《なぎ》と那美《なみ》だ」

「いろはにほへとちりぬるは、流石にやめるのね。神産みの神、筑波山《つくばさん》の神様の伊邪那岐《いざなぎ》様と伊邪那美《いざなみ》様からにするのね。やっぱり、名前はまともなの考えるわよね。あの萌美少《もえ》女に書かれた異国の名前が付けられるんじゃないかと、いつもハラハラしているんだけど、

「悪くない名前ね」

お初《はつ》が言うと、張り詰めていた緊張が解けたのか、みんな、くすくすと笑い始め、その笑いは少しずつ大きくなっていった。

泣いていた梅子もクスクスと笑い始め、腕の中からそっと俺の顔を見ていた。

「大好きです。御主人様」


俺はこのことを教訓に多胎児保護の御触《おふ》れを領内に出した。

効果はわからないが、陰陽道に精通し神々を尊んでいる俺が実子の双子を育てることで、モデルケースになることを願った。

《茶々》

「先ほどのことは、他言を禁じます。桜子達《たち》は大丈夫だとはわかっていますが、小糸、小《こ》滝《たき》、伊達《だて》家に密告しようものなら伊達家が消える覚悟をしなさい。そして、ララ、リリ、誰かに言う素振りを見せたら……お江」

「うん、せっかく仲良くなれそうだったけど斬るよ。マコのことを守ることが私の一番だから」

「伊達家が消える……三春の実家も……そんなこと絶対いやだっぺ。私達、絶対言いません。私、口が悪いから上手《うま》く言えないけんど、大納言様には一生を捧《ささ》げるだけの恩もありますが、人として好き。愛してしまったっぺよ。愛《いと》おしくて愛おしくて……側室はべらかせて小憎たらしいけど、でも好きなんです」

「私も同じく大納言様のこと、大好きでした。だから絶対言いません。私だって大納言様の子を産んで家族を作りたいでした」

「そう、その心を持っているなら信じましょう。ラララ、リリリは？」

「私達、父にそんなこと言ってもソンなだけ。異国暮らしに気をかけてくれる男、他にいないでありんす」

「お姉ちゃんと一緒でんす。ここの暮らし気に入ってます。ここ追い出されてお姉ちゃんと別になるとかイヤ、それに大納言様、夜……気持ち良いし」

「あはははははははっ、真琴様に舐《な》められて喜ぶ阿呆《あほう》がここにもいた」

「……お初、あなた？」

「うっ、違うわよ、姉上様！」

「まぁ、良いわ」

「だから、違うってぇ姉上様！」

「お初、わかったから。それより兎《と》にも角《かく》にも、私たちの目が光っていると思いなさい。真琴様に憎まれようと、私は仇《あだ》なす者には容赦しないと決めています。その為にお江は働きます。良いですね」

「はい、八百万《やおよろず》の神々に誓って致しません」

「姉様と一緒です」

「『私達もカーネに誓って』」


「真琴様、皆、秘密は漏らさぬと誓ってくれました」

「ありがとうごめんね。憎まれ役やらしているよね？」

「私は良いのですよ。それより、双子について、もう少し詳しくと言うか、子が授かる知識を詳しく教えて貰《もら》って良いですか？　未来の方々はご存じなのでしょ？」

「おっ、なるほど、それも授業でやらないとだね。子供が出来る仕組みは俺たちは学校で必ず習うんだよ。当然必要な知識だよね」

「はい、生徒達みんなに必要な知識だと思います」


私は真琴様に子が授かる仕組みを聞いた。

お種と呼んでいた精子。真琴様が今井宗久《いまいそうきゅう》に頼んでレンズと呼ぶ南蛮渡来の拡大鏡と鏡を組み合わせて『顕微鏡』と呼ぶ物を作ってくれた。

「ふぅ〜甚五郎《じんごろう》配下が器用で助かる。これを使えば300倍くらいで見られるから、なんとか形はわかると思うんだけど、あれ？　顕微鏡発明も、もしかしてこの時間線では俺か？　おぉぉぉぉ、これは凄《すご》いことをしてしまったかも！」

何か驚いている真琴様は、その顕微鏡にご自身のお種をガラスに塗り見せてくれた。

真琴様はその器具の成功に感動していたが、私は、白い小さなオタマジャクシのような物が見え、それに感動した。

生命の神秘に少しだけ触れたような気がする。

真琴様のオタマジャクシは元気に泳いでいた。

学校にそれを運び、生徒達にも見せると大変驚いていた。

「これがお種……これを私の体に入れれば大納言様のお子が……」

「ちなみにそれは、真琴様のではありません」

「えっ？」

「不埒《ふらち》な考えを持つ者の手に渡っても良いように慶次《けいじ》に申しつけて、色町に行った若者から採取させた物です」

「……」

「え～～」

残念がる生徒達。

本当は真琴様の朝搾りですが。

皆、それをジッと無言で見続けていた。

一緒に寝屋を共にし天井の染みを数える。

はたまた、手をつないで寝れば、神様が運んでくると信じていた者には、別に時間を作って夜伽《よとぎ》についても教えないと。

◇　◆　◇　◆　◇

織田信長《おだのぶなが》から貰って幸村《ゆきむら》が育てさせた植物は蔓《つる》がどんどん伸びていた。

葉っぱの形に蔓状になるので竹で柵を作ると黄色い花が咲き緑の実が生長している。

この時点で俺はなんだかわかったが、茶々が、

「あら良い色の実ですこと、茶室に飾りましょう」

などと言い出したので止めた。

「おっと、待て待て待て、信長様は観賞用と言っていたが、これは食べられるんだ。赤く熟すまで待ってくれ」

鬼灯《ほおずき》のように飾りに使われそうになったのを止めた。

茶々は、細い蔓を活《い》かしてどうやって飾ろうかと、既に細い竹で、花入れを自ら削っていたので、もの凄く不服な顔をしていた。

意外にも日本には戦国末期から江戸時代にかけていろいろな植物が輸入され育てられるのだが、大半は食べられずに観賞用にされていたりする。

初めて見る植物を食べるのには勇気が必要だ。

子供の頃、初めてパクチーを食べ……かめ虫？っと衝撃が走ったのを経験しているから

その気持ちはわかる。

唐辛子や今なっている実もそうだ。

実際に今育てているのは史実歴史線では江戸後期に伝わってきたはずだが、織田信長が活発化させている海外交易と自らの海外遠征で早く手に入った。

そんな実を熟していくのを待つ。

意外にも歩き始めたばかりの武丸《たけまる》が、その実に興味を示したのか毎日庭に出てにらめっこをしている。

無言でただひたすら。楽しいのか？　武丸？

蟬《せみ》が鳴き出した頃、真っ赤に熟した実を5つほど収穫して、井戸水で冷やして、包丁で8等分に切り分けてもらう。

「うわ、なんだっぺこれは、中身緑でドロドロ、腐ってっぺよ？　これ、ホオズキに似ているような」

小糸《こいと》は包丁で中をほじくろうとしていた。

「これはこういう食べ物なんだよ。大丈夫、食べられるから」

「それも未来の知識ですか？」

「それは上手く聞き方変えてよ」

「なら、異国の知識ですか？」

「そういうこと。この実を皆で試食するよ」

昼飯の時に切り分けたのを出す。

皆、赤い実から青緑の中身が出ている見た目が気になる様子。凝視して箸を付けずに俺の様子を窺《うかが》う。

俺が食べてみせようとする前に武丸が鷲掴《わしづか》みにして口に押し込み、ギュッと口を蛸《たこ》のように尖《とが》らせていた。

「武丸、酸っぱかったか？　どれどれ、おっ、んー流石《さすが》品種改良前、青臭いし、すっぺぇぇぇ。しかし、まさしくトマトだ。みんな食べてみてくれ」

最初に食べたのは、お江《ごう》。

「酸っぱ、美味《おい》しくない〜青臭い〜」

珍しく拒否するお江。

茶々《ちゃちゃ》、お初、桜子《さくらこ》、梅子、桃子《ももこ》、小糸、小滝もほぼ同じ反応。

ラララとリリリは食べたことがあるのか似たような物を知っているのか、

「美味しいでありんす」

「これさっぱりとするっぺ」

喜んで食べる。

そして意外なことに、武丸と彩華《いろは》と仁保《にほ》は細かく刻んだ物を酸っぱ顔をしながら食べ続けていた。

チュッパチュッパ言いながら喜んで口から流れ出る青や赤の汁でよだれかけを染めてい

た。

初めて見る者にとっては衝撃の光景だろう。

「皆、苦手か？　この実はトマトと言う。この実にはリコピンと言って、とても体に良い成分が入っているんだよ。確か、老化防止、美肌の効果があるんじゃなかったかな」

説明すると、皆が残っているのを無理やり口に押し込んだ。

「無理して食べなくても、生が苦手なら、あとで料理に活用するのに」

茶々が眉間にしわを寄せ、

「それは早く言って欲しかったです」

口から青緑の汁を垂らしながら苦々しく恨むかのような目をして言っていた。

「だから、みんな美に反応しすぎ」

「だって、若々しさを保たないと」

小糸達を睨《にら》むお初《はつ》。恐《こわ》がっているからやめてあげてね。

「良いの。自然と年を重ねた姿も、また美なんだから。それに俺が描いている二次元美少女と三次元嫁とは無関係だし。人は自然と年を重ねていくものだよ」

「信じられないんですけど〜」

「俺を睨むなお初、恐いからやめなさい。トマトは健康にも良いからこれからどんどん栽培するけどね。料理のバリエーションが一気に増えるよ……あっ、こら、武丸、俺の分まで食べるな」

武丸は生のトマトが気に入ったらしい。

鼻息を荒くしながらムシャムシャと食べて口元から青い汁が滴った。

なにかのホラー映画のようにちょっとグロい絵面になっていた。

パシャリと印籠に隠してあるスマホで、その姿を残した。


生のトマトは一部を除いて不評だった。

味もだが、赤い見た目に中身の青緑色のドロドロ、それが不評だ。

品種改良されたハウス栽培のトマトは、中身の緑色、ドロッとした種を包む部分がほとんどなかったりする。

その部分がトマト嫌いな者に不評だった為《ため》、品種改良されたのだと聞いたことがある。

万人受けするフルーツトマトを目指した結果、臭みが少ない甘いトマトが誕生。

様々な品種が栽培されていた。

品種改良には何年も月日が必要。今食べやすくしなければ。

そこで、加熱と言うか、料理をする。

外の厚い皮を湯むきして剝がし、不評の中身の青緑色を取り除き、炒《いた》める。

そして玉子とじにして軽く塩胡椒《こしょう》してみる。

オムレツ風だ。

すると、お江が、

「あっ、これなら美味しい、酸味がさっぱりしてる」

茶々達《たち》も食が進む。

「不思議な実ですね」

言いながら食べる。

「トマトはね、煮込んで煮込んで潰して塩や砂糖、胡椒や他の野菜から出た出汁《だし》を加えて味付けするとケチャップっていう万能調味料にもなるんだよ。それを揚げ物に付けて食べたり、麺と絡めたりすることで美味しいのが作れるんだよ」

夕飯を食べ終えた後、桃子がひたすら煮込んで試しに作り始めていた。

数日後、俺が知っているケチャップとは違う和風出汁風味のトマトソースが完成した。なんでも、魚介出汁を加えたらしく、今の日本人に受け入れられやすい優しい味付けのトマトケチャップになった。

「俺が知っているケチャップとは違うがこれはこれでイケる。そうだな、フライドポテトに付けて食べてみるのが良いかな」

「わかりました。芋、揚げますね」

桃子はじゃが芋を細切りにして揚げる。

揚げている油の匂いを嗅ぎ付けて来たお江が、真っ赤な和風トマトケチャップを見てしかめっ面をした。

「うっ、これなんの血を煮込んだの？　鼈《すっぽん》？」

「違うから。こないだのトマトを煮込んだ物だよ。トマトケチャップって言うんだ。これをフライドポテトに付けて食べると美味《うま》いんだぞ」

桃子がフライドポテトを運んできた。

「お江様、出来ましたよ」

お江が珍しく躊躇《ちゆうちよ》しているので俺が先に食べる。

「おっ、なかなかイケる。美味い美味い」

二つ三つ食べるとお江と桃子も一口。

「あっ、本当だ、美味しいよ。マコ」

「おにいちゃん、本当、これなら何にでも合いますね」

「お江、これは、桃子の努力の賜物《たまもの》だぞ。よくここまで作ったな桃子、美味しいぞ」

労《ねぎら》うと桃子は、

「老化防止の為ですから」

顔をさすっていた。

そのうちこれを塗り出すのではないか？

「まだ若いのだから気にしなくても大丈夫じゃないか？　肌、綺麗《きれい》だし」

「おにいちゃんのお子が早く出来るよう若くありたいのです」

小声で下を向きながら言う桃子。

「おっ、おう……」

頑張っているのだがこれは、授かり物、どうすることもできない。

桃子は姉達に子供が出来たので焦っているのか羨ましいのだろう。

「大丈夫、桃子ちゃんは私より胸有るんだからマコの好みのはずだよ」

おっぱい競争をしているかのような二人。

「そうですか？　夜伽の時は確かに胸を良く舐《な》……」

「わーーーー、それ以上言っちゃだめ、側室同士で俺の夜伽の話を俺がいる前で話すの止《や》めて、スッゴい恥ずかしいから」

「私、胸より脇の下、舐……」

「わーーーー、お江、止めなさい」

俺の性癖暴露大会になりそうだったので俺は退散する。

和風トマトケチャップは黒坂《くろさか》家の新しい料理に加わった。

◇◆◇◆◇

真夏の盛り、俺の執務室は茨城城天守最上階。

扉を開け放ち霞《かすみ》ヶ《が》浦《うら》から吹いてくる風で涼みながら執務をこなしている。

ふと、外が何やら騒がしく天守の高覧から覗《のぞ》いてみると、南蛮傘の馬印と３００人ほどの行列が目に入った。

「はあ？　まさか、え？」

身を乗り出して見ていると、階段を駆け上がってきた義康《よしやす》が、ゼーハーゼーハーと息を切らしながら、

「上様、御来城にございます」

「やっぱり、あの行列そうなん？　聞いてないんだけど」

目を凝らして見たところ、行列は軽装の足軽のようで当然攻めてきたわけではない。

攻められる理由もない。

俺が天守から下り大手門で待っていると、

「遊びに来た」

南蛮服に身を包んだ織田信長《おだのぶなが》。

「来ていただくのは構わないのですが、先に知らせて欲しかったです」

「まぁ、そう言うな。思ったより艦隊の修復再編制が遅れていてな、直った船だけで近海を試験航海しているのだ。ちょうど常陸《ひたち》沖まで来たから、噂《うわさ》の城を見に来たのだが……馬鹿か」

左右に開いた大手門の風神雷神萌《もえ》美少女を見て呆《あき》れている。

その先に見える天守を見て、扇子でツンツンツンツンと頭を何度も突っつかれてしまった。

流石の信長も呆れていた。

「良いでしょ。俺の大好きなレ○とラ○を風神雷神にしたんですよ」

「なんだ、その名は？　故郷に残した女の名か？」

信長は注意深い。俺が未来から来ているのを知っているので「未来に残した女の名か？」と、聞くところを「故郷に残した女の名か？」に言い換えている。

「はははは、そうですね。芝居の登場人物といったところですよ。さぁ、準備なにもしてないですけど、どうぞお入りください」

中に案内する。

後ろにいた森蘭丸《もりらんまる》が笑いを堪《こら》えきれずに腹を押さえて、

「あは、ぷっ、くくくっ、こりゃ酷《ひど》い。力丸《りきまる》からは聞いていたが、本当に阿呆《あほう》だ、あはははははははっ」

俺の肩を軽く叩《たた》いていた。

蘭丸にはこの萌美少女の良さをわかってもらえないようだ。

悔しい。

茨城城には信長が来たときの為に建設当初から御成《おなり》御殿を造ってあるので、そちらに案内すると、廊下から間近に見える天守の美少女装飾に信長は、

「うっ、これが未来で流行《はや》る物なのか？」

俺と蘭丸と力丸しかいない所で目頭を押さえながら言った。

感動しているのか？　いや、違うみたいだ。

「はい、日本が誇る萌文化は世界中に広がるんですよ」

誇らしげに言うと、

「そっ、そうか、なら何も言うまい。しかし、これが常陸の美的感覚なら、いつぞやの名物茶碗《ちゃわん》・曜変天目茶碗に興味がわかなかったのもわかる気がする」

「わびさびがわかるには、そこそこ年齢を重ねないと。俺にはあのような茶碗より美少女が描かれた器の方が好きですがね」

「なら、作れば良かろう。それだけの財力はあるはずだぞ」

「あー、焼き物を美少女絵付けにするの考えてなかったです。良いですね、それ、やらせましょう」

言うと信長は頭を抱えた。

「常陸様、上様は冗談で言ったつもりだったのですよ」

蘭丸が信長に代わって言った。

「いやいや、俺は今の一言で作るつもりになっちゃったんだけど」

蘭丸も頭を抱えた。

「義父上様《ちちうえ》、ようこそおいでくださいました。今、茶を点《た》てますね」

武丸《たけまる》を抱きながら入ってきた茶々《ちゃちゃ》。

「おぉ、これが常陸の子か。どれ抱かせろ」

信長が武丸を抱くと武丸はじっと信長の目を見つめ、

「あぱー、あぱー、きゃっきゃきゃきゃっきゃ」

声をあげて喜んでいる。

普段、愛想のない武丸にしては珍しい。

「常陸、この子は良き子に、良き男に育つぞ。大切に育てよ」

信長は武丸の目の奥に何かを感じ取ったのだろう、しばらく抱いてあやしていた。


茶々が点てた茶で一息入れた信長は蘭丸と茨城城自慢の風呂に入った。

蘭丸と二人で……。

何も言うまい。

俺がその間に台所に向かうと、すでに桜子《さくらこ》達がもてなしの料理の下準備をしていた。

「せっかくだから、トマトケチャップを使うから」

調理を代わる。

俺は捌《さば》きたての鶏の肉を細かく切り、炒めながら、ご飯も一緒に炒める。

そこにケチャップを投入してチキンライスを作り、卵を四つ使ったフワフワオムレツを作って平皿にこんもりと盛り付けたチキンライスに載せ、真ん中を割りフワトロオムライスにする。

そして、牛皮で作ったケチャップ容器から細くケチャップを出して、文字を書く。

秋葉原のメイドカフェを思い出すような『萌』の一字をハートマークで囲って書いて、

風呂上がりで涼んでいる信長に持って行く。

「萌？　なんだ、これは？　字はどうでもよいが、なぜに真っ赤な汁なのだ？　何の血を使った？」

「これ、以前に信長様がくれた種を育てたやつですよ」

「なに？　あれは観賞するためと思ったものだが」

「育てて実ったら俺が知っているトマトだったので、食用にしましたよ。トマトは健康にとてもよい食べ物なんです。真っ赤が不気味で毒っぽいとお考えでしたら俺が毒味して食べてみせますよ」

「必要ない、常陸の料理に毒など入っているなどと思うものか」

一口口に運ぶと、

「酸味とうま味が相まった絶妙な塩梅《あんばい》の汁で美味いな。悪くない。そうか、あれは食えるのか」

「生はうちでは不評だったので熱して調理しましたが、生でも食べられます。赤い色素にリコピンと言って老化防止になる成分が入っていて、未来では良く食べるよう奨励される作物なんですよ」

「そうか、ならこれは広げなければな」

黙々と平らげた。

「生はないのか？」

「ありますよ。夏の間は次々になるので。子供達《たち》が好きなので井戸で冷やした物もあります」

力丸に取りに行かせると、よく冷えたトマトを持ってきた。

信長はそれに豪快にかぶりつく。

「ははは、確かに青臭いが悪くはない。昔、瓜《うり》を馬上で食べていたのを思い出すわ」

信長の口には合ったようで喜んで食べていた。

「未来だと品種改良されて、もっと甘味もあって食べやすいんですけどね」

「食べやすく改良出来るものなのか？」

「すみません、そっちの勉強はあまりしていないのですが、甘い実のなる苗だけを選んで花粉を組み合わせて作っていくはずですよ」

「そこまで常陸に求めようなどとは思ってない。しかし、確かに熱を通したのは食べやすかった。儂《わし》の料理人にも伝授してくれ」

「わかりました。これで少し塩分控えめになっていただければ、信長様長生きできますからね」

「またか？　ちゃんと控えておる。しかし、このケチャップとやらは気に入った。味噌《みそ》を少なくして、これに替えてみるのも悪くはないな」

桃子《ももこ》が作った和風トマトケチャップは出汁《だし》多め、塩少なめの、とても健康的な代物。

これが信長の健康寿命を延ばすことになると良いのだが。

第四章　樺太開発《前編》

織田信長は茨城城を拠点に、しばらく常陸国、下総国《しもうさのくに》などを見て回るという。

俺の改革を見るのが目的だ。

農業、学校、食堂、利根川大改修事業など。

俺はいつものように執務をし、力丸が信長を案内する。

そんな中、鹿島城から柳生宗矩《やぎゅうむねのり》が早馬で連絡をしてきた。

北条《ほうじょう》　氏規《うじのり》が安宅船《あたけぶね》で入港してきたと。

俺に面会をしたいと言うので許可を出すと、次の日、登城、大広間に通す。

俺があとから部屋に入ると、そこには痩せこけた、年齢より年取ったように見える人物。

「お久しぶりにございます。急な登城をお許しください」

北条氏規は小田原《おだわら》城の戦いの後、北条家を相続、一度、伊豆《いず》大島を領地に存続が許されたが、国替えで現在は樺太《からふと》島という日本国最北端の大きな島が任せられている。

樺太って島と言って良いのだろうか？　北海道並みに大きいのに。

この国替えは俺が信長に進言したからだ。

北条の残党を少しでも本土から離す目的と、その大勢の家臣達が開拓してくれることを期待した。

樺太を早くから日本とし、実効支配したい。

北限の大地と言って良い地の地下資源は豊富だ。

今、地下資源開発まで着手出来なくても、未来を見据えた政策。敗軍の将への嫌がらせではない。

真面目に将来、未来を見据えた政策。

「随分おやつれですね」

「北国の地は厳しゅうございます。あのような厳しき冬、もう幾年も耐えられますまい」

弱々しく疲れ果てた姿で言葉を続けた。

「実は背に腹はかえられず、幕府に支援をお願いしたのですが良い返事を貰《もら》えなく、作物のことなら常陸《ひたち》大納言様の所へ行くように言われたわけで」

「なるほど、農作物が悩みですか？　取り敢《あ》えず、じゃが芋、蕎麦《そば》、小麦、大麦、とうもろこしなら融通出来ます。寒冷地に適してますし」

「ありがとうございます。ありがとうございます。しかし、それだけではなく、城も雪や寒さに耐えられなくて困っております」

「小田原周辺は温暖な地でしたからね。困りましたね」

隣の部屋、襖《ふすま》の向こう側に隠れて聞いていた織田《おだ》信長《のぶなが》が襖をあけて入ってきた。

「行ってやれ、常陸」

一言言うと、北条氏規は最初誰だか分からない様子。

そりゃー真っ黒に日焼けしたサーファーのような出立《いた》ちの織田信長は見違えても当然な気がするが、すぐに気がつく。

「う、上様、なぜここに？」

「義娘婿の家に孫の顔を見に来ていただけよ」

意外にも人間味のある返事をする。

「樺太ですか？　寒そうだな、俺が行きたくないから北条家を送ったのに」

寒がりを知っている信長が呆《あき》れ顔《がお》で、

「今から行って冬になる前に帰ってくればよいではないか？　常陸が思い描く理想国家に樺太が大切なら手伝ってやれ」

樺太の重要性を織田信長には説明してある。

だからこそ、底力のある北条氏規を送った。

「くっ、寒くなる前に帰ってくる。う〜それしかないか。北条殿に滅亡されても夢見が悪くなりそうだし、樺太くらいならすぐに帰って来られそうだし、推薦した責任も有りますから仕方がない、行きます」

俺の樺太行きが決まった。

メンバーを招集する。

黒坂《くろさか》家南蛮型鉄甲船艦隊を率いる柳生宗矩、農政改革担当奉行の真田《さなだ》幸村《ゆきむら》、大工総取締役奉行の左甚五郎《ひだりじんごろう》、それに護衛と留守となるであろう船の見張りも考え佐々木小次郎《ささきこじろう》と真壁氏幹《かべうじもと》に同行を命じる。

そして、兵士600人を準備させる。


北条氏規は水先案内人になる者を二人、鹿島港に残して先に帰って行った。

俺は準備をすると共に伊達政宗《だてまさむね》に『樺太という地に行くが同行しないか？』と、誘いの手紙を書き、飛脚をしている伊達政道《まさみち》家臣に届けさせる。

お江《ごう》が、

「私も付いて行くからね」

準備をしている俺に言ってきた。

その後ろには小糸《こいと》と小滝《こたき》とララとリリリもいる。

「お初《はつ》に言われたか？　まぁ、戦に行くわけではないから連れて行っても良いが、ララとリリリは残れ。冬まで逗留《とうりゅう》することになったら常陸の国の冬より厳しい地、大事になりかねないからな」

「そんなことないでありんす」

「そんなことないっぺ」

返事をするが、これは毅然《きぜん》とした態度で断った。

後々、茶々《ちゃちゃ》が言いくるめてくれたようだ。

小糸姉妹には薬などを多く準備するよう指示を出す。

1週間ほどで伊達政宗から、

『海の外を一度見ていたいと思っております。是非とも同行させてください』

返事が来たので仙台の港で待つように伝えるため飛脚を再び走らせた。

俺が所有する南蛮型鉄甲船3隻に、じゃが芋、蕎麦、小麦、大麦、粟《あわ》、稗《ひえ》、とうもろこし、小豆、大豆などを出来る限り載せる手配もする。

そうやって準備をしていると、左甚五郎も大工達を集めてやってくる。

準備が整ったところで、茶々達を広間に改めて集める。

「茶々、また留守を頼むことになるが、よろしく頼んだぞ」

「このようなことが真琴《まこと》様の御役目《おやくめ》なのはわかっております。北の地で富国強国になる基盤作り、存分にしてきてください」

「皆、留守を頼む」

「ちゃんと帰ってきなさいよね。それまでこの気色悪い城、跡取りを守っていてあげるんだからね。感謝しなさい」

ツンデレが続くお初だが、もう立派な武将だ。

城や家族を任せるのに何ら不安はない。

一児の母になってもツンデレが抜けないのは面白いが。

「それと、真琴様、うちの女兵士も船を経験させてやりたくて。お江付きとして乗せて貰えないかしら？」

「それは構わないけど、泳ぎと武術の腕、度胸は大丈夫?」

「それは私が保証するわ。真帆《まほ》、美帆《みほ》二人とも」

「はっ、学校一期生、お初様付き守備隊一組、隊長真帆」

「同じく、一期生真帆妹、守備隊一組、副長美帆」

……どこかで? 大洗方面で見たことあるような? 戦車を操っていたような……。

長ズボン仕様のセーラー服に身を包んだ二人。

「真琴様、農民の出だけど、やる気だけで成長した二人、私の配下で一二を争う武術の腕よ。城に忍び込もうとしている者を何人も捕らえているわ」

「そうか、なら武士としてちゃんと雇わないとね。出身はどこ?」

「はっ、大殿様の地図で東海村と書かれている地にございます」

「よし、二人には『東住《とうずみ》』の名字を与え足軽組頭とする。他の男共と変わらぬ扱いをするが女を捨てる必要はない。困ったことがあったら、ちゃんとお江や小糸、小滝に申し出るように。お初付き守備隊の副隊長以上は全て足軽組頭の家格とする。他の者も今後の働き次第で、男共と同じ家格にすることを約束する。お初、そのように命じて」

「「ありがたき幸せ」」

「良かったわね、二人とも。真琴様のそういう、男でも女でも出身の身分が低くても気にしないところ好きよ」

「人は人、生まれや性別なんて関係ないさ。お江、旅では二人のことを配下として任せたぞ」

「うん、わかってるって」

そして俺は子供達《たち》を順に抱きしめる。すると今まで言葉をほぼ発しなかった武丸《たけまる》が、

「ちっち、ちっち、ちっちうえ、かえってくるんだぞ！」

初めて父と呼んでくれると同時に偉そうに言うのにびっくりした。

なんだかもの凄《すご》く威風堂々としている武丸。

「武丸、お仕事に行ってくるからなぁ」

彩華《いろは》は言葉が上手で、

「ちちうえ、かえってきて」

と言ってくれる。

「帰ってくるから母上達の言うこと聞くんだぞ」

仁保《にほ》も言葉が上手で、

「ちちうえ、きをつけて」

「はいよ、仁保も風邪をひくなよ」

那岐《なぎ》と那美《なみ》はすやすやと寝ていた。

「では、行ってくる。皆、頼んだぞ」

俺は茨城城から出立して鹿島城から船に乗船し出港した。

鹿島港から出港、南蛮型鉄甲船艦隊3隻が2日かけて仙台に造られた港に入港すると、伊達政宗は気合いの入った三日月の前立て甲冑《かっちゅう》姿で、家臣達にホラ貝や太鼓を鳴らさせ、自分では旗を大きく振って出迎えてくれた。

イキな男とはこういう男か？　出迎えが派手だ。

ぱっと見ると1000人ほどの家臣団を集結させていた。

俺は船から下りる。

「政宗殿、戦に行くわけではないので甲冑は。それにその軍勢は。乗船人数は30名までにしてくれないと」

「そうでしたか。なら急いで着替えて家臣も厳選いたします」

選ばれた家臣の有名どころは鬼庭綱元《おににわつなもと》、支倉常長《はせくらつねなが》。

鬼庭左月《さげつ》も乗ると大声で言っていたが、息子の綱元に止められていた。

伊達政宗のもっとも重臣と言われる片倉景綱《かたくらかげつな》と伊達成実《しげざね》は留守居役。

伊達成実はいざという時の、伊達の跡取りとして任命されているらしい。

伊達政宗と鬼庭綱元と家臣5人は俺の船、一番艦に乗船、支倉常長が率いる残りの家臣団は三番艦に乗船した。

「政宗殿、今回は日本国内ですが蝦夷地《えぞち》の北端、ここことは違う風景、気候などを経験するのに良いと思い誘ったのです」

「はっ、光栄の極み。お誘いいただきありがとうございます。異国に行きたいと、うちでは言っていたのですが、跡継ぎがまだの為《ため》か家臣達に反対されまして。ですが、樺太《からふと》、国内ならと小十郎《こじゅうろう》も仕方なしと許してくれたのです」

「船旅は必ずしも安全ではないですが、うちの戦艦に乗り込む家臣は元は手練《てだ》れの九鬼《くき》水軍の猛者もおりますので、航海術に長《た》けております。安心して船旅を楽しんでください」

「よろしくお願いします」

せっかくなので、塩竈《しおがま》神社に旅の無事を祈願してから出港した。

伊達政宗の野望は、と言うより興味は、国内の領地を広げることより、世界に出ることに変わっている。

そんな伊達政宗を乗せた真夏のギラギラとした海の光は、新たな世界線の幕開けを告げているようだった。

仙台港を出港して、太平洋を北上する。

夏の太平洋高気圧のおかげか晴天の日が続き、順調に進む。

下北半島の北端の大間港で補給をし、津軽海峡から日本海に抜け北上を続ける。

大間港は俺が進めている『海の道政策』で幕府から津軽為信《つがるためのぶ》が命じられ整備している港。

大型船も入港出来るようになっていた。

先に出発している北条氏規《ほうじょううじのり》が先立《さきだち》になり、俺が通過することは各港に連絡が回っており補給も問題なく出来る。船旅は順調に進む。

ただ、伊達政宗は船酔いで寝込んでいた。

あまり体は丈夫ではないのね？

俺は流石《さすが》に船旅には慣れているので平気。

小糸は、また大丈夫なのか？　と思わせるほどの爆睡をして船酔いから逃避していた。

小滝が言うには安全な薬らしいが。

「政宗殿、大丈夫か？」

「はい、うっぷ、これが、うっぷ、船旅、うっぷ、おぇ〜」

これでは伊達男《だておとこ》も台無しだ。

「寝て過ごす手もありますが？　うちの小糸のように薬飲んで」

「うっ、何のこれしき、耐えてみせますぅぅぅぅううっぷ」

無理しなくて良いのに。

お江は相変わらず、船旅を楽しみ良く外を眺めては、

「マコ〜なんかいるよ、小滝ちゃんもあれ見てー」

指差す先にはトドなのか？　オットセイなのか？　アザラシなのか？　が、海面から顔を出していた。

「マコ〜可愛《かわい》いから捕まえようよ！　城の堀で飼おうよ」

「大納言様、私も抱きたいでした」

お江と小滝は無理難題を口走りながら船旅を楽しみ、小糸と政宗は船酔いに苦しめられていた。一緒の船に乗せた真帆と美帆は、船酔いもせずに一生懸命真面目に、航海術や操《そう》舵《だ》を学んでいた。


「樺太に到着する前に、皆に厳命を出す」

稚内の港に最後の補給で停泊したとき、家臣達を整列させて言おうとすると、

「御大将、皆察しています。なにせ今回は手練れ、若い者達も、学校で黒坂家流学を身につけた者、樺太の地で婦女に不埒《ふらち》なことをせぬようにですね？」

「流石に宗矩《むねのり》だが、婦女暴行だけではない。樺太の先住民と接する機会もあるはず。言葉が通じなくとも武をもって制圧しようなどと思うな。身を守る時だけ抜刀を許す。みだりに刃を見せることは許さぬ。これは厳命とする」

水などの補給で寄る港は、久慈川の殲滅戦《せんめつせん》後、北海道送りにされた元敵が治める。

アイヌとの接点はほとんどなく、ここまで来た。

だが、樺太では開発が目的。しばらく逗留《とうりゅう》する。

そうなれば必ず接点が出来るはず。

「なるほど、常陸《ひたち》様が異国の地とまではいかないが、樺太へ誘ってくださったのは、蝦夷《えみし》の民がいるからですか？　異国との常陸様の接し方を私に見せようと」

伊達《だて》政宗《まさむね》が感心した声を出した。

「伊達殿が申されたように、樺太での振る舞いこそ異国へ向かったときへの学び、経験。ここでの経験が必ず役に立つ。自分達と違う文化を持つ者への敬意の見せ方が黒坂《くろさか》家、いや、日本国の模範とならねばならぬ。皆の者、良いか、文化とは、その地に住まう先住の知恵でもある。自分達の文化ではいささか野蛮に見えても、彼らにとっては大切な文化、その地で暮らす知恵。むやみに否定することは、俺が刀に懸けて許さぬ」

「御大将のお言葉、しかと承りました。無礼働きし者あらば、この真壁《まかべ》、すぐに打ち捨てにいたす」

真壁氏幹《うじもと》が、鉄棒で地面をドンと叩《たた》くと、若い兵達は震えていた。

「では、最後の海峡、宗谷《そうや》海峡を渡る」

「はっ、いざ、乗船！」


10日間の船旅でようやく目的の地、樺太が見えた。

宗谷岬からたった約45キロの海峡を渡れば樺太、平成ではロシアが実効支配する地。

昭和の敗戦まで、日本だった地。

近くても、そう易々《やすやす》と行けなかった地が目の前に姿を現した。

北条氏規が残した水先案内人が、

「着きました。着きましたぞ～」

船首で叫んだ。

その地は樺太の南部、亜庭《あにわ》湾の留多加《るうたか》と名付けられた港だった。

他人事《ひとごと》のように地名を言っているが、この時代線では俺が書いた地図で呼ばれているので、名付け親は俺……間違った地名を付けていたら、ごめんなさい。

間宮《まみや》海峡も間宮林蔵《りんぞう》が江戸幕末に見つけたから間宮海峡なのだが、俺が地図に書いてしまったので理由なく間宮海峡になってしまった。

もし、この時間線で間宮林蔵が生まれたら、彼は何をするのだろうか？

まあ、それはどうでも良いか。

留多加港は安宅船《あたけぶね》が6隻停泊し、港には丸太の木組みで組まれた簡素な櫓《やぐら》が建っている程度。

俺の艦隊が見えたのかホラ貝が鳴り響くのが聞こえてきた。

「政宗殿、着きましたよ」

横たわっていた政宗に声をかけると、政宗は起きて船首の先端に立つ。

よろよろしている政宗のその腰を、鬼庭綱元ががっしり摑《つか》んで押さえている。

その光景に、俺の頭の中では、あの最高級旅客船沈没映画の音楽が和楽器で鳴っていた。

萌《も》えない。

以前にも、徳川家康《とくがわいえやす》と本多忠勝《ほんだただかつ》で見たような光景に、樺太という平成時代歴史線でロシアでもない日本でもない、微妙な地に辿《たど》り着いたという感激が打ち消された。

留多加港に着岸すると、すぐに柳生《やぎゅう》宗矩が武装した足軽を桟橋に並ばせる。

俺と伊達政宗の警護の為だ。

北条氏規は元々は敵。しかも滅亡に近い形に追い詰めた俺が、その地に乗り込むのだから緊張感がある。

しかし、留多加港を守備している兵達はやせ細り、顔色も良くないのが見て取れる。戦意というより戦う気力そのものがなさそうだ。

俺が船から降りると、北条の兵士達は片膝を着き頭を下げた。

念の為、お江《ごう》達は落ち着くまで下船は許可しない。

そのことに異議を唱えるほど、お江は我《わ》が儘《まま》ではない。

「わかってるって、なにかあったらすぐ逃げられるようにって、船の見張りでしょ？　私に任せておいてよ」

「私達だって自分の身くらい守ってやっかんね」

「大納言様、矢にお薬たっぷり塗って構えてますでした」

お江に続いて、小糸達《こいとたち》も胸を張って言う。心強い。

お薬ってなんの薬だろう？

いつぞやの襲撃撃退に、お江が吹き矢に使った薬か？　1発で血を吐く劇薬、恐ろしい。

お江は好奇心旺盛だが、船の高い位置から常陸とは違う景色を眺められることだけでも満足している様子。

北の大地樺太は、岩肌むき出しの絶壁に唐松《からまつ》？　蝦夷松《えぞまつ》？　椴松《とどまつ》？　とかなのだろう、本州とは違う針葉樹林が鬱蒼《うっそう》と茂っている。

岩場には海獣達の群れが見える。

鳴き声もする。

あまりの群れに恐《こわ》いほどだ。

まさに異国の風景。

伊達政宗も船から下りては辺り一面を見回していた。

俺がその景色は平成歴史線で北海道旅行で見た沿岸部の景色に似ているなと、感傷に浸っていると、これまたやせ細り、腰を曲げ杖《つえ》を突きながら出迎えた僧侶がこちらをじっと見てくる。

その顔は変わり果ててはいたが、忘れられない顔だった。

「板部岡江雪斎《いたべおかこうせっさい》か？」

「改めまして板部岡江雪斎にございます。降伏のおり以来でございますね。覚えていていただいており大変光栄です。この度、北端の地に足を運んで頂き誠にありがとうございます。島での案内を任されております。なんなりと御申《おもう》しつけください」

「そうか、頼んだ。しかし、皆、窶《やつ》れている様子だな」

「慣れない寒さの地、そして食料があまり。生きることが精一杯になり疲弊しておりました。開墾開発は思うように進まず」

海の幸ならいっぱい有るだろうにとは思うが、炭水化物と野菜が不足しているのか、偏った食事になっているのだろう。

「作物を作る指導を早急に始める。幸村《ゆきむら》、直《す》ぐに始めよ。板部岡江雪斎、作物のことはこの真田《さなだ》幸村に任せてある。北条にとって真田は俺以上に因縁があるだろうが、うちの農政改革の奉行、石高を格段に上げている実績がある。指示に従ってくれ。出来る限り人手を手配し、真田幸村の命に従うように」

「仰せのままに」

幸村に早速、農政改革支援を命じると幸村は、

「今からなら、蕎麦《そば》が精一杯かなと思います。収穫する前に寒くなりそうで。他の作物は食料として配ってよろしいですか？」

「その辺も幸村に任せる。最善の方法と思うことを始めてくれ。一段落したら見に行く」

「はっ」

北の大地の夏は短い。仕方がないだろう。

今年の収穫は、ほぼ望めない。

ただ、畑は作っておかなければ、来年以降も作物が採れないから今回は地均《じなら》しだな。

「常陸様、城と呼ぶには幾分みすぼらしいですが、宿舎となる城に案内いたします」

板部岡江雪斎が言う。

俺が返事をする前に宗矩が、

「当面の間は、御大将と奥州中納言様には船で寝泊まりしていただきます。警護の準備が整い次第、その館に移るとします」

そういう面は任せるしかないだろう。俺が頷《うなず》くと板部岡江雪斎は、

「最早《もはや》、抗《あらが》う力は北条には有りません。そのつもりもないので、存分にお調べください」

宗矩の命で佐助《さすけ》が兵（忍び）を１００人ほど連れて館に向かった。

空は真っ赤な夕焼け、大地では聞き慣れない虫たちが大合唱をしている。

俺と伊達政宗が一度船に戻ると、桟橋と大地を繋《つな》ぐ所に佐々木小次郎《ささきこじろう》が兵２００人を引き連れ夜営の準備を始めていた。

警護は念入りだった。

初めて下りた樺太《からふと》記念に一句。

『夏虫や　樺太大地　新時代』

一句詠む。

ん？　これは慶次《けいじ》には見せられないな。

だが、せっかくの記念に懐に入れてあるメモ帳に書き残し、真っ赤に染まる大地を隠しているスマートフォンでパシャリ。

次の日の朝、船を下りると留多加港を見て回ることにした。

佐助がまだ戻ってきていないので内陸に入るのは遠慮してくれと、護衛の宗矩が言うので従い港周辺だけ。

港は丸太で作られた物見櫓《ものみやぐら》と、板張りの簡素なと言うか、見窄《みすぼ》らしい小屋が並んだ小さな村。

小屋も内見すると、隙間から日が差し込んで来ているのがわかる。

一緒に検分している左甚五郎《ひだりじんごろう》が大きなため息を吐《つ》くほど酷《ひど》い造りだ。

「下手にもほどがあるってんだい。これじゃあ冬をしのげるわけがないってもんよ、うちの半人前の弟子が作る小屋より酷い」

小屋の真ん中には囲炉裏《いろり》があり、それで暖を取り、ひたすら冬場をしのぐという。

こういうことを想定して、黒坂家自慢の左甚五郎率いる大工集団を連れてきた。

「甚五郎、すぐにパネル工法型住宅を建てる準備に取り掛かってくれ、幸い木材は豊富なようだからな、北条《ほうじょう》の者はすぐに人手を集めよ、冬風が吹く前に何軒か完成させたい」

「殿様、もちろん殿様が考えたパネル工法は隙間風も少なく、工期も短くて出来るのですが、ここ、風強そうですよね。冬はもっと過酷な風が吹くのでは？　雪も多そうで重みに耐えられる物が出来るかどうか」

「だから、三角形パネルを積んできたんじゃないか」

「ドーム型住居、ここの為《ため》に！　早速とりかかりますってんだい」

左甚五郎が北条家の大工に指示を出すと、

「画期的すぎる！　こんな家、考えもつかなかった。流石《さすが》に織田《おだ》家、鬼才の軍師の二つ名を持つ大納言様だ」

「この形状なら、雪や風にも強い。すぐに始めてくれ」

指示を出すと左甚五郎は積んできたパネルと、北条の大工の工房で既に伐採され乾燥させている木材を使い、ドーム型住居を作り始めた。

俺が作る新たなる家の工法は、この時代の常識を逸脱している。

平成時代歴史線でも一般住宅では、なかなか見ない工法だが、東日本大震災後、災害に強く比較的安価で短期に作れるこの工法は、注目されだしていた。

一般住宅には中々浸透しなかったが、それを俺は、この北の大地の基本的工法にしようと考えた。

この時代に来る頃、元の時間線ではキャンピング施設などで取り入れられ、コテージとして作られていたが、やはり中が円形になってしまうのが、一般住宅として建てる際の最大の問題点。

家具の設置に困る。

しかし、ドーム型住居は耐震性、耐風性に優れており、災害に強い。

また、パネルの組み合わせで作れるから工期も短く、特別な技術を持たなくても作れる。

地震や台風が多い日本には理想的なはず。今後うちの領地では率先して広めていくつもりで、その準備をしていた物を今回この樺太に持ってきた。

甚五郎はそれを組み立て始めるのと同時に、工房でパネルを作らせるよう働き出す。

翌日、佐助が検分を済ませ戻って来た。

「大殿、北条には最早戦をする余力そのものがございませんでした。火縄銃も旧式が少々、火薬も底を尽きかけています。しかし、小田原《おだわら》の恨みを個人的に持っている者がおります。そのことだけ注意すれば、問題なきかと」

「あいわかった」

宿舎となる館を確認し、警護も配置が完了したから問題ないと言う。

用意された馬で向かうことになる。

馬はがたいの良い、足が太く鼻息の荒々しい馬。

留多加《るうたか》港に残す左甚五郎の護衛には真壁氏幹《まかべうじもと》を付け、船の警護には佐々木小次郎を命じて、内陸部に馬を進めた。

1時間ほど、ぬかるみの多い道を進むと、空堀と土塁と丸太の柵に囲まれた小さな砦《とりで》と呼ぶべき建物に案内された。

その砦の本丸だけは、本州にあるような書院造りの建物があり、平屋のお寺、もしくは城の御殿のようだ。

流石に瓦は、陶器ではなく寒さに強い石瓦が使われていた。

玄関の外では、北条氏規《うじのり》が待っており、

「樺太城にようこそおいでくださいました」

頭を深々と下げ出迎えた。

城と呼ぶより砦に近い簡素な建物。

かつては小田原城という巨大な城を居城としていた北条家の見る影もない城。

俺が周りをキョロキョロしていると、北条氏規が、

「深い堀などが気になりますか？　この守りは幕府に弓引く備えではないのです。軍勢に対しての守りとしては使い物にはなりません」

俺が城の検分をしていると思ったのだろう。

「では、何からの守りなのですか？」

隣の馬に乗る伊達《だて》政宗《まさむね》が言う。

やたら深い空堀と、入り組まれた馬防柵がある。

「狼《おおかみ》や熊です。ここは獣が多く、我が家臣達も何人も……」

口を噤《つぐ》む北条氏規に伊達政宗は、

「それは、失礼いたした。お悔やみ申し上げます」

「狼かぁ、見たことないけど、いるんだね。それに熊ってヒグマ？　ツキノワグマ？」

「両方おりますが、今一番の敵はアイヌの者にウェン・キングカムイと名付けられた巨大な人食い熊でして。ウェン・キングカムイ、アイヌ語で悪い熊だそうです。アイヌの者達

も苦しめられておりまます。人の味を覚えてしまって、毎年多くの犠牲者が。ですが、城の中なら安全にございます。さぁ、旅の疲れをお取りください。見窄らしい城ではございますが、湧き出る温泉が有るのが自慢。常陸《ひたち》様は、ことのほか温泉がお好きだと聞いております。どうか、一っ風呂」

北条氏規が言うので、宗矩《むねのり》のほうを見ると、

「検分済みにて大丈夫にございます。広い岩風呂でございますので、奥州中納言様も入れるかと。出来れば、一緒に入っていただけると警護を分けなくてすみますので」

「ん？　そうか、なら先《ま》ずは風呂をいただこう」

「常陸様のお背中をお流しいたします」

「げっ！」

俺の人生にはＢＬルートはないぞ！

大丈夫だよね？　伊達政宗……。

案内された風呂は、岩が敷きつめられた露天風呂。

茶色く濁った湯に幾分灯油？　ガス？　鉄さびと石油のような特有の匂いがする温泉。

衣服を脱ぎ、体を湯で流し入ると伊達政宗も同じようにして入る。

「鳴子の湯にも、このような匂いを持つ湯がございます」

「うん、知ってる。良いよね〜鳴子、いろんな源泉があるから」

宮城県の鳴子温泉は、日本の泉質のほとんどを持つという珍しい温泉。硫黄泉・芒硝《ぼうしょう》泉《せん》・石膏泉《せっこうせん》・重曹泉・食塩泉・酸性泉・含鉄泉・二酸化炭素泉・単純温泉。

奥州三名泉に数えられる湯。

現在、伊達政宗の父、伊達輝宗《てるむね》が湯治場開発に勤《いそ》しんでいるという。

そのうち是非行きたい。

祖父と入った温泉を思い出していると、湯船は軽く10人は入れそうなくらい広いのに、政宗は隣に近寄ってくる。

「常陸様、なぜに逃げられる？」

「いやいや、こんだけ広いのだから近付く必要がないでしょ」

俺がずれて離れると政宗はまた隣に来た。

「はははは、常陸様をどうにかしようなどとは思っておりませんから。むしろ、どうにかされても良いくらいで」

政宗の言葉に、温かい温泉に浸《つ》かっているはずなのに身震いがした。

「冗談はさておき、8月というのに朝晩は冷える地ですね。このような地で作物は穫《と》れましょうか？」

冗談なのね、良かった。緊張が一気に解けた。

「米は厳しいかもしれないけど、蕎《そ》麦《ば》やじゃが芋、小麦、稗《ひえ》、粟《あわ》あたりならなんとかなるんじゃないかな？　大豆や小豆も試す価値は有るはずだし」

「ずんだ！　ずんだにございますね！」

大豆と言った後に妙にテンションが上がる政宗。

「あーそだねー、あれ、おいしいよねー」

冴《さ》えないヒロインがフラットに興味なさげに返事をするように言うと、政宗は拗《す》ねた表情を見せた。

「ですが、やはり、日の本の民は米が恋しいでしょう」

「寒さに強い品種を植えれば、なんとか実るかもしれないから試してみようとは思うんだけど、どうだろうね。今、考えてるのは海産物を日持ちするように加工して、それを本土で売る。売上で米を買う流れを作ろうとは思っているんだ。ここ海産物の宝庫だから」

「なるほど。しかし、常陸様も北条をこのような所に追いやるとは、お人が悪い」

「ん～、底力のある大名にこの地を守って貰《もら》いたいんだよ。だから、大大名だった北条にしたんだけど、思いのほか苦しんでるみたいだね。ここまで苦しむ環境だったとは、ちょっと予想外だったよ。だけど、ここに根付いて貰いたいから北条には出来る限り力を貸すつもりだよ」

「常陸様は、この地が重要な地とお考えですか？」

「うん、地下資源もあるし、大陸からの北の国境線として、この地を守りの要にしたいんだよね」

「なるほど、石炭などですね？　いや～磐城《いわき》で掘り当てた石炭、暖かいですな！　炭とは格段に違う。常陸様から教えて貰えて良かった」

「その他にもあるよ。金も結構採れるはずだし、石炭よりもっと欲しい石油もかなり北だけどあるはずなんだよ。それは後々だけど」

「おっ、謎の知識とやらですね？　詮索は御法度と聞いてます。わかっております。なにも聞きません。それより金ですか？　それは良い。多く採れるなら北条を潤すでしょう」

「北条だけでなく、先住民族も潤って欲しいよ。冬の生活に困らないように」

「蝦夷《えみし》の者も豊かに？」

「彼らも日本の国民として扱いたい。いずれ纏《まと》める者と話し合わねばとは思っているけどね」

　夕暮れのマジックアワーと呼ばれる、昼と夜の境目の広がる空を遠く見つめて言うと、

「常陸様の考える先の世は壮大ですな。この政宗、それに手を貸しとうございます。しかし、上様は南に行き、常陸様は北ですか？　寒がりで有名な常陸様なのに、おもしろい、ハハハハハハッ」

「あっ！　しまった～、そうだよ、俺は南に行くべきだったのに北に来てしまった」

　頭を抱えると、

「どれ、お背中を洗わせてください」

　政宗は湯から上がった。

俺も湯から上がり岩に腰をかけ背中を洗ってもらう。

いやー力強いのなんの、背中の皮が剝がれるかと思ったよ。

もちろん、ＢＬルートはなしで、健全に風呂から上がった。


風呂を出ると日は落ち辺りは暗くなり、ちょうど夕飯時となっていた。

樺太《からふと》城内の一番広い部屋に案内されると、そこは大広間なのに長い囲炉裏《いろり》が設置してある造りで、どことなく、うちの城の食堂に使っている部屋に似ていた。

「冬が寒すぎるもので」

北条氏規は言うが、

「いや、うちの城の食事の間に似ていて、良いと思いますよ。温かい物が温かいうちに食べられる」

俺はそう返事をし、上座に座る。

そのすぐ左側に伊達政宗が座り、右には北条《ほうじょう》氏規が囲炉裏を挟んで座った。

氏規が手を叩《たた》いて合図をすると料理が運ばれてくる。

囲炉裏に載せられた鉄製の鍋はぐつぐつと湯気を立てている。

少々獣臭がする湯気が部屋に広がった。

串に刺された魚の切り身や、松茸《まつたけ》なども囲炉裏にセットされていく。

鮭《さけ》の刺身や、たらば蟹《がに》、毛蟹と意外にも豪勢だ。

野菜も、ギョウジャニンニクの酢味噌《すみそ》かけや、山菜のおひたしなどあり、食に困っていたのでは？　と多彩な料理に疑問が浮かんでくる。

「何もございませんが、先ずは一献」

酒が俺の盃《さかずき》に女中と言うよりは姫と表現するべき身なりの良い娘が注《つ》ぐ。

ただし、表情、目は睨《にら》むように冷たい。

注がれた酒を一口飲んだところで、

「我が娘、鶴美《つるみ》と申します。身の回りのお世話をさせますので、なんなりと申しつけてください」

「あっ、いや、側室達《たち》が船にいるから明日には呼び寄せるので必要はないよ」

今回は毅然《きぜん》と断る。

雄琴《おごと》温泉や、湯本温泉事件で学んだこと。

鶴のように白く透き通った肌理《きめ》の細かい肌、大きな瞳、腰よりも長いストレートの黒髪、そして冷たい目、まるで雪女。

いや、小柄だから座敷童《ざしきわらし》？　だが、美少女枠に入る顔立ち。成長が楽しみだ。

断った後、顔を見ると、

（ちっ）

もの凄《すご》く小さな舌打ちが聞こえた気がした。

「今宵《こよい》の酌だけは頼む」

冷めた目で、口元にだけ、にこりとわざとらしい微笑《ほほえ》みを見せ、酒をまた注いでくれた。

政宗の隣でも若い娘が酌をしている。

こちらは家老の娘だという。

「改めて、どうですか？」

聞いてくる氏規の問いに先ほどの風呂か、今飲む酒のことかと思い、

「良いですね」

返事をするとなぜか鶴美姫が小さく、

(当たり前でしょ。この私に魅了されない男なんていないわ！　馬鹿おやじ)

？？？

なんか、もの凄く小さな声で父親を罵っていなかった？

「年頃なのでしょうか？　あまり口を利いて貰えず父としては恥ずかしい限り。贅沢《ぜいたく》もさせてやれず、あまり強く言うのもと、好きにさせているのですが」

「ははははっ、気にしないでください」

(うっせぇて言うの)

うん、また声になっていない心の声が聞こえた気がする。

不思議に思うが今は目の前の料理に目が行く。

ぐつぐつ煮える鍋から椀《わん》に盛り付けられる料理は、具沢山の豚汁のように見えるが、肉がやたらと色が濃い。

一口口に運ぶと、肉の出汁《だし》が良く出ており、こくがあり美味《うま》い。

「これは何の肉です？」

「お口に合いませんでしたか？」

「いえ、好きですすよ、美味い。体が温まる」

「それはようございました。熊肉にございます。おっ、鍋の中に貴重な所が。お二人にお出しして」

その部位を鶴美が匙《さじ》で掬《すく》い皿に盛ってくれた。

丸いコロコロした物体。

「ん？」

「熊の金玉でございます。精が付くと言われております。さあさあ、どうぞ」

政宗《まさむね》も同じく皿に盛られた金玉を見て戸惑う。

じっと俺を見つめないで！

目、もの凄く泳いでいるよ！

氏規《うじのり》もジッと見つめている。

試されているのか俺？　これは最高のもてなし料理、断るわけにはいかない。

「えぃっ！」

一口で食べる。

「うっ、なんか生臭く独特の匂いが。うっ、これは薬と思って食うのが良いか、政宗殿」

躊躇《ちゅうちょ》している政宗に促すと政宗も一口口に入れ、急ぎかみ砕き酒で流し込んだ。

「滋養強壮の薬と思えば悪くはないですね」

要は不味《まず》いということだ。

膳を囲む俺達3人は不思議と笑いが込み上げて笑っている。

まさか、北条の者と膳を囲むような日が来るとは思っていなかった。

その日は、疲れもあり寝所となる8畳ほどの部屋に通されると、俺はウトウトと眠りの世界に入っていった。


俺はひさびさの陸、揺れのない落ち着いた空間、だけど三半規管に残る揺れの錯覚、そして温泉と酒で気持ち良くなり深い眠りに入っていた。

夢……?

(入るわよ。好きに抱きなさい)

「……」

(ほら、私をむさぼりなさい。って寒いから布団の中に入れなさいよね)

「……眠い、好きにしてくれ……寝かせてくれ……」

俺は夢か現実かわからない返事をすると、また意識は真っ暗な世界に戻った。

温かい何かを抱きしめながら良い香りも感じる夢を見ている。

心地よい。

と、突然。

ケチョカイケチョカイケチョカイケチョカイヘソカイィィィィィヨーーーーーーーーーーーーーーー
臍《へそ》がないはずの鳥がけたたましく臍が痒《かゆ》いとアピールする謎の鳴き声で目を覚ますと隣にはスッポンポンの美少女が。

「えっ？」

慌てて布団をめくると俺の下もスッポンポン。

「あれ？　したっけ？　って誰だっけ？」

困惑していると布団をはぎ取ったせいで寒いのか身をブルッと震わせ目を覚ました美少女は、慌てて布団で身を隠した。

「くしゅんっ」

「あれ？　氏規殿の娘では？」

「そうよ、馬鹿親父《おやじ》の命で布団に入ったのよ。この私を抱こうとしないなんて、なんなのよ。脱げばどうにかなると思ったのに」

「勝手に脱がすなよ、服着ろよ」

「よく見なさい、私のこの裸をさぁ。どうよ、する気が出て来たでしょ」

「毛……なし」

「うりうりうりうり、好きなだけ見なさい。この私の艶《つや》やかな体を！」

「何なんだよ、お前は露出魔かよ！　だが、毛なし……確かに、萌《も》えぇぇぇぇ……いや、そうじゃなく服着ろよ」

「なによ、やる気が起きないって言うの！」

「なんなんだよ、お前は！」

上品な外見とは裏腹に高飛車な鶴美に困惑。

「ほら、私がこんだけ見せているんだから穴に入れなさいよね」

「黙れ！」

ズボッ
「痛い痛い痛い、その穴じゃない！　鼻の穴に指を入れないでよ」

俺は鶴美の鼻に指を突っ込み軽く持ち上げる。

「何なんだよ、ロリパイパン。っとに、またお種か？　もう少し大人になってから好いた男としろ」

「馬鹿にしないでよ！　16よ」

「はぁ？　12、3だと思っていたよ」

廊下から涼しい風が吹いてきて視線を感じたので、そちらを見ると、お江《ごう》、小糸《こいと》、小滝《こたき》が縦に並んで隙間から覗《のぞ》いていた。

「ぬおぉぉぉぉぉぉぉぉぉぉぉぉ、びっくりした。来てたのか？」

襖《ふすま》が開きお江が、

「うわぁ～あのマコが女の子、虐《いじ》めてる～三十叩きの刑だね？　マコでも法度は守って貰《もら》うよ」

「馬鹿、これは違うって、躾《しつ》けてたの！　誰が女子を無理矢理犯すか？　反吐《へど》が出る」

「無理矢理抱いたとは言ってないでしょ、マコ。でも、虐めてる？　はっ！　新たな性癖？　お邪魔しちゃったね。宗矩《むねのり》に、もう安全だから移って良いよって言われて急いで来たのに、ちょっと目を離しただけでもう女の子と一緒に寝てるってすごい特技だと思うよ」

「いやいやいやいや、俺、してないからな」

「この馬鹿、私がこの美しい体を見せたっていうのに抱こうともしない。なによって……みんな乳がデカい、乳でかお化け」

鼻に入れていた指を振り払って、お江と小糸の胸を凝視。小滝は悲しい目をして胸を両腕で隠していた。

「っとに、お江、鶴美《つるみ》に服着させて。ずいぶん灰汁《あく》が強い姫登場だな、おい」

「なによ、抱きなさいよね」

「みんなが見ている前でしろって言うのか？」

「そうよ！」

「ド変態かよ！　おい、お江、笑ってないでどうにかして」

「はいはい、鶴美ちゃん」

トッン
静かにお江は鶴美の首を後ろから叩いて気絶させた。

「お江、無茶するなって。それ一応、北条の姫だからな」

「へ〜、こんな面白い姫なんだ。マコ良かったね」

「なにが良いんだよ。困るぞ」


着替えを済ませて北条氏規を呼びつけた。

「鶴美のことはいったい何のつもりだ？」

「人質にございます。その為《ため》、側室にしていただきたく。昨夜、大納言様に身の回りのことをと申し上げたではないですか？」

「それは断ったはず」

「それでは北条《ほうじょう》の名折れ。助けに来ていただいた方に最高のもてなし、それが出来ぬとなると家の恥」

「樺太《からふと》には噂《うわさ》は届いていないか？　俺は女子を物のように扱うことを良しとしていない。大嫌いだ。こんな接待は御免被る。鶴美は人質だろうと側室にはせぬ」

「どうあっても？」

「鶴美が俺に惚《ほ》れたなら良いが。ってあのキャラが側室？　良いのか俺？　やだよ！」

「あ〜あ、また言っちゃったよ」

「なんだ？　お江」

「ううん、なんでもない、気にしないで」

「兎《と》に角《かく》、身の回りについては側室を連れて来ている。それに北条の恭順の心はわかった。人質は不要」

「……はっ」

小さな声の歯切れの悪い返事だった。

合法ロリ……悪くないが、物扱い、それだけは俺は絶対に許さない。

この信念だけは曲げない。

昨夜の豪華な宴席が気になり、先《ま》ず蔵を見せて貰うと、米俵が少々積まれ、他に干し昆布や棒鱈《ぼうだら》と呼ばれるカチカチに乾燥した保存食が積まれている程度だった。

「昨日《いたべ》の宴席は無理をしたのか?」

板部岡江雪斎《おかこうせつさい》に聞くと、

「いえ、夏の間なら山菜に海産物がありますし、それに獣を狩るのも容易《たやす》く、食料に困らないのですが、その季節は短く、冬は毎日その場しのぎ。海が荒れると船も出せず、海産物もなくなり、穀物はなくなり、飢えに苦しむのです。寝込む者も多く」

「脚気《かっけ》か……」

脚気、ビタミンB系の不足で起きる栄養失調、白米が庶民に広がる江戸時代に多く広がる病。

うちでも白米が当たり前となっているが、なにせ平成飯メニューも交ざっているので、栄養失調の心配はない。

むしろ栄養状態はよく、側室達《たち》の胸は成長を続けた。

お初《はつ》と小滝は同じように食べているのに栄養はどこに飛んで行っているのだろう？　太りもせず、スレンダーなままだ。

それはそれで、好きなんだけど。

脱線しすぎた。話を戻して、

「わかりました。改善出来るよう出来る限りのことはしましょう」

「お願い申し上げます」


「小糸、小滝、脚気はビタミンBが不足すると起きる病。運んできた蕎麦《そば》を主原料に兵糧丸を作って冬の蓄えにするよう指導してくれ」

兵糧丸とは、様々な穀物を固めて乾燥させた物。

戦場でお湯をかけてふやかして食べる。

作り方や中身は各家によって異なる。

うちでは、桜子《さくらこ》達が作る浅井《あざい》家流と、小糸達が作る田村《たむら》家流、他にも真田《さなだ》流や柳生《やぎゅう》流がある。それぞれ味も中身も異なるが栄養価は非常に高い。

「大納言様？　そのびたみんびび？　とは？　そのようなこと、どの書物にも書いてなかったと思うでした」

「馬鹿、これが茶々《ちゃちゃ》様が言っていたことだっぺよ。ほら、あの知識」

「あっ、ごめんなさいでした」

「謝ることじゃないって。あと干し肉も栄養価高いから作らせて、ってそれは流石《さすが》に専門外か？」

「そんなことなかっぺよ。安達太良《あだたら》の山で生活してっときに、またぎに教わったからできっかんね」

「なら、小糸は干し肉、小滝は兵糧丸の指導を頼んだよ」

「「はい」」


北国の暮らしでビタミン不足を補うには、獣の内臓を生で食べると良いと、イヌイットの方々と生活をしばらく共にした冒険家を特集した『ふしぎ発見』で、やっていたのを見たが、寄生虫やら、肝炎ウイルスやらの危険性が高いから、それは選択肢からは除外しておこう。

キビヤックなる謎多き食べ物も、ビタミン摂取には良いらしいが、グロテスクすぎて無理だろう。

なぜに海鳥を海獣の腹に詰めて発酵させ、海鳥の内臓を食べるってなったのか？　謎すぎる食べ物。

生きる知恵だが、どうしてそんな行程になったのか、凄《すご》く気になっている。

機会があったら、キビヤックを食べる地域で教わりたいものだ。

樺太城はさほど広くない。

あてがわれた部屋も8畳ほど。これが一番立派な部屋らしいのだが、板張りの隙間風吹く質素な部屋。

警護の関係もあり、お江、小糸、小滝も同室で寝る。

伊達政宗《だてまさむね》とその側近達には別室が寝所としてあてがわれた。

お江、小糸、小滝は同室でも気心の知れた家族なので別にかまわないのだが、流石に4人で夜伽《よとぎ》をするなどということはなく、夜は静かに寝て、昼間は真田幸村《ゆきむら》と左甚五郎《ひだりじんごろう》から届く開発進捗状況の報告に目を通して城から指示を出すという生活を始めた。

宗矩的に、俺にはあまり動いて欲しくないようだ。

城内ですれ違う鶴美は恐《こわ》い顔で睨《ね》め付けてきた。

(ふんっ、絶対抱かせるんだから、寝込み襲ってやるんだから!)

念の為、身を守るのに飛ばした式神から、心の声がビンビンと伝わってきた。

もの凄く強い思いでなければ心の声は拾えないのに、強い野望が俺に抱かれることって一体なんなんだよ。

自重しろよ、ロリ変態姫。

仕事は茨城城にいるときと同じようなことをしている。

ただ、量が多く難しい案件が続き疲れる。

伊達政宗も家臣のように手伝ってくれたが、疲れは溜《た》まり、夜、いつもより眠りが深い。

普段なら人の気配で起きるのだが、朝起きるとスッポンポンの鶴美が布団に潜り込んでいた。

布団に入っては俺を丸裸にして抱いて寝ている。

俺は俺で温《ぬく》もりが気持ち良いのか夢うつつで、がっしり抱いて寝てしまっていた。

目が覚めると、罰を与えるかのごとく小糸が足でぐりぐりと俺の股間を踏みつけてきた。

「でれすけ、起きなさいよ！」

「痛い痛い痛い、小滝やめさせて」

「大納言様、私達を抱いて寝てくれればいいでした。悲しいでした」

「違うって、勝手に鶴美がしてるの。何してくれてんだよ、悪戯《いたずら》娘」

「私には私の意地があるのよ！　絶対抱かせるんだから」

「なんでだよ。お江、頼んだ」

「うん、えいっ」

また、首の後ろをポンと叩《たた》かれ気絶させられ連れて行かれた。

「お江、夜、気が付いているんだろ？　お江なら気が付かないはずない、やめさせろよ」

「え〜なんかマコがどこまで耐えられるのか逆に見てみたくて、佐助《さすけ》ちゃんと才蔵《さいぞう》ちゃんにも目、つぶらせてる」

「そこ！　目をつぶるなよって。ケラケラ笑って言うなよ、っとに」

「大丈夫だよ、鶴美ちゃんが何してるかは、ちゃんと見てるから。もしもの時は斬るし」

「斬る前に止めてくれっとに」


昼間は執務、夜は逆？　夜這《よば》い。なんかどっと疲れる。

◇◆◇◆◇

《鶴美》

こんな田舎から出るには、あの男に抱かれないと。
女好きと噂高い常陸守《ひたちのかみ》、私の体で魅了してやるんだから。
あんな弱そうな男、私にかかればチョロいはずよ！　子を産んで黒坂《くろさか》家を乗っ取ってやる。そうすれば、北条が返り咲く日が。

今夜も布団に……。

常陸守の布団に潜ろうとしたとき、

「ねぇ～ねぇ～、マコに夜這いかけるのは自由だけど、刃物持って入ってきたら手、切り落とすよ。マコの首を絞めたら、首、切り落とすよ」

「えっ？」

背筋が凍る、いや、真冬の、この大地に吹く風と同じくらい冷たい声が聞こえた。

ぱっと振り向くと、側室3人は静かに寝ていた。

今のはなに？　幻聴？　私はただ、この男に抱かれ子をなしたい。

「この男自身に害をなせば今度こそ北条は消される。そんなことはわかっているわよ。私はただこの男を虜《とりこ》にしたい。そして利用してやるんだから」

そう呟《つぶや》いて今夜も裸になって布団に潜り込んだ。

温かい……とても気持ち良い温もり。

人の肌、こんなに気持ち良いんだ。

母様を思い出すような温もりが小憎たらしいと感じた。

裸にしたは良いけど、後はどうすれば良いんだろう？

◇◆◇◆◇

樺太城に滞在して1週間。毎朝、鶴美の逆夜這いで目を覚ます。

そんな中、朝から門で結構な騒ぎが起きていた。

板部岡江雪斎が対応しているのを覗《のぞ》くと20人くらいの集団。ここの先住民の言葉なのだろう、耳に入ってきても意味がさっぱり不明だ。

その言葉はアイヌ語だと言ってお江《ごう》が左腕にくっ付けば、対抗して右腕にくっ付いてくる鶴美《つるみ》が教えてくれる。

「あれはアイヌよ」

「おっ、おう、ってなにしれっと腕に絡みついているんだよ」

「いいじゃない別に。着物は着てるわよ？　なんなら脱ごうか？」

「脱ぐな」

紺色の厚手の着物に不思議な紋様が描かれた民族衣装を着た者達。

良いな、あの着物。冬温かそう。あとで買えないか交渉してもらおう。

様子を窺《うかが》っていると、板部岡江雪斎《いたべおかこうせっさい》はある程度言葉を習得しているのか話しているが、城に入ってこようとする集団に兵達が弓矢を向け始め、アイヌ民も弓矢を構えた。

一触即発。

そこに割って入る。

「えぇい、やめよ、やめよ。なにをしているというのだ」

俺が出ると、さっと物陰から勢いよく佐助率いる忍びの俺の警護部隊が現れ、その突然のことに圧倒されたのか、北条《ほうじょう》の兵はすぐに矢を下に向ける。

それを見てアイヌ民も弓矢を納めた。

「板部岡江雪斎、これはどうしたことだ？」

「人喰《ひとく》い熊が大暴れを。冬眠を前に小さな村が一つやられまして、これも当家が開拓を始めたからだと訴えに来たのです。これ以上森を切り開くのをやめさせるから殿に会わせろと」

アイヌ民に目をやると、狼《おおかみ》の毛皮を被《かぶ》った一人の少年？　白い手に少々の入れ墨が見える。他のアイヌ民と少々違う衣服。他の者は頭に文様が施された布が巻かれていたが、その少年だけは毛皮の帽子だった。

「アナタ　ホウジョウより　エラい？」

片言で言ってきた。

纏《まと》め役《やく》としては少し違和感があったが、どうやら若いがリーダーらしく、その少年が話すと後ろにいる仲間は静かにしていた。

「これ、我が殿よりも各段に偉いお方、直接話しかけるな」

板部岡江雪斎が口を挟んだ。

「構わぬ。俺は民の声を聞くにやぶさかではない。領地でも農民の声を直接聞いている。アイヌの若者よ、俺の言葉は通じるか？」

尋ねるとコクリと頷《うなず》き、

「ワタシ　はなす　ゆっくりだが　聞く　わかる」

「なら話は続けるよ、俺が北条に命じることが出来るくらい偉いのは間違いない。黒坂常陸守真琴《まこと》と言う。ここは我が領地ではないが、我が治める地は民の声を大切にしている。同じことは国の法としても押し進めている。アイヌの民であろうとそれは変わらぬ。申したき議は率直に申せ」

「ワタシはムラオサの子　トカプチェプ・トゥルック　アナタ　エラい？　そう　ナラモリをキリヒラクの　ヤメサセテ」

トカプチェプ、発音的に『プ』が小さい。

「ごめん、トゥルックと下の名で呼ばせて。俺たちの発音だと舌を噛《か》みそうで」

「それで　かまわない　やまとびと　はっするの　むずかしいだろ？　わかる」

片言だが、しっかりゆっくりわかるように言ってくれる。

「とにかく座って話そう。板部岡江雪斎、広間に通せ。危害を加えるつもりはない」

それを言うとトゥルックの周りの仲間が慌てて止めようとする。

警戒するのは至極当然。

「わかった。信用出来ぬだろうから、小糸《こいと》、小滝《こたき》、ここですまぬが座って待っていてはくれぬか？」

「でれすけ大納言様の為《ため》なら人質になってやるわよ」

「大納言様のお望み通りにでした」

二人は快く頼まれてくれた。

勿論《もちろん》、俺はアイヌ民に危害を加えるつもりはなく、また、小糸達《たち》には忍びの護衛が付くので形ばかりの人質だが。

「アイヌの民よ、この両名、我が大切な家族。トゥルックとやらに城で危害を加えるつもりはない。その証《あか》しに二人を預ける」

「大納言様、そのように致さなくても」

「いや、かまうな。アイヌの民といずれ話さなくてはと思っていたから良い機会だ。板部岡、通訳をしてくれ」

板部岡江雪斎が申し訳なさそうに、それを通訳した。

「トゥルック、この二人は俺の妻だ、人質としてお前達と、北条の間に座らすから良いな。俺が危害を加えないと約束する証しだ」

「ワカッタ　ミナに　ツタエル」

押し留《とど》めようとする仲間にアイヌ語で再度話し城に入ると伝えたようだった。

板部岡江雪斎は諦めた様子で、急いで俺の側室が座るのに失礼がない程度の支度をする。

城門前に敷物や日傘などを置き、野点《のだて》をする感じに。そこに小糸と小滝は腰を下ろした。

アイヌ民のトゥルックは二人の側近だけを連れ広間に通される。

ちなみに、北条氏規《うじのり》は港開発に出かけていて朝から不在、伊達政宗も馬で鬼庭綱元《おににわつなもと》と数名の家臣を連れ狩りに出ていて不在。

囲炉裏《いろり》のある広間の上座に座る。

トゥルック達3人はその下座に座り、その間に、板部岡江雪斎と柳生宗矩《やぎゅうむねのり》が左右に座る。

流石《さすが》にお江と鶴美は同席しない。

お江は屋根裏に潜んでいる気配はするけど。

「この者の父親は大陸の者で金毛人と聞いております。母親がアイヌの族長をしております」

板部岡江雪斎が紹介してくれた。

「なるほど、金毛人、あぁ、ロシアか。ハーフねぇ、大陸が近いからそういう子もいるんだね」

「いや、なかなか珍しいほうなんですが」

「ハナシ　して　いい？」

「だから、勝手に話をいたすな。殿より偉い御方《おかた》なのだ。天子様、上様、公方《くぼう》様に次ぐ御方、しかも、この御方は上様に直接御意見出来る方」

「あぁ、そういうの構わない。直答を許す」

「御大将は、かしこまることをお嫌いになる。好きに話すが良い」

宗矩が言う。

「やまとびとのなかで　４バンメにエラい？」

「まあ、そういうことだ」

「ナラ　森を　キリヒラク　ヤメサセテ」

「それは申し訳ないが出来ない。この政策を進めた張本人が俺だ」

「だったら　ヨケイに　トメラルハズ　クマ　チクリ　どんどん　人、おそう　森　キリヒラク　おこっている」

「動物との縄張り争いになるのは致し方ない。俺は未来を考えている。トゥルックは、このままで良いと考えているの？　熊に恐れながら暮らす？　冬の飢えに苦しめられながら暮らす？　開拓をしなければいつまでも豊かにはならないよ？　開拓を進めれば豊かな暮らしになる。多くの作物を収穫でき、食料に困らなくなり、蓄えることも出来る。そうすれば冬だって豊かに過ごせる」

「ユタカにならないとダメか？　ワタシたちは　イママデどおりでかまわない　森とイキケモノをカリ　サカナがとれれば　それでいい」

こちらを見つめてくる青い大きな瞳に、今までの生活を守ろうとする強い意志が込められているのを感じた。

「これ、失礼なことを言うな。開拓すれば作物も採れ、冬にだって食事に困らなくなるとのお考え、そなた達にも悪い話ではないはず」

「俺達が日本国として樺太《からふと》を支配し、栄えさせ守りを固めねば、いずれは大陸から兵が押し寄せてくる。そうなると今までの暮らしを守れないよ？　俺なら君たちの文化を尊重して共生の道を進められるよ。君たちからしたら、同じ侵略者に見えるだろうけど」

「ワカラナクハナイ　チチも　そうやってワタッテキタ　だが　シンダ　ウェン・キングカムイにころされた」

「君の父親には悪いけど海を渡る者をなくしたい。樺太は日本として統治する。だが、戦は好まぬ。だから、攻めてくるのをあきらめるくらいの発展をしたなら戦は起きないと思わないか？」

「ソウハ　おもう　だが　くらしは　かえさせない」

話を続け説得をしようとしていると、ドタバタドタバタドタバタドタバタドタバタ、廊下を走る音が近づいてきて家臣が飛び込んできた。

「お話し中大変失礼します。大殿様、一大事にございます。伊達《だて》政宗《まさむね》様一行が熊に襲われたと、同行していた家臣が駆け込んで参りました」

「その者から詳しく話を聞きたい、今はどこに？」

「怪我《けが》が酷《ひど》く、小糸様、小滝様が治療にあたられましたが、残念ながら」

「そうか、わかった。残念だ。それより今は城を出ている政宗殿一行を助けに行く。すぐに兵を集めよ」

命じると宗矩がすぐに動き出した。

「御大将、多くの者を連れていっても餌になるだけ、厳選した手練《てだ》れだけを連れていきます」

「人選は宗矩に任せる。トゥルック、開拓、未来を語るより今は人間の味を覚えてしまった熊を狩るほうが先だな」

「それは　ドウカン　する　ワタシのチチのカタキ　ワタシのテで　ほうむる」

「熊狩りをする俺が指揮を執る。伊達政宗を救助し熊を仕留める」

「御意」

「大納言様自ら？」

「板部岡殿、御大将は言い出したら聞かぬお方、なに、心配されるな、すぐに片が付く」

慌てて止めようとする板部岡を宗矩が逆に止めた。

集められた兵士は30人、すべて俺の家臣団。

樺太に連れてきた兵士の中でも選《よ》りすぐりの者だけを同行させる。

伊達政宗は城から馬で1時間ほど北部に行ったところで襲われたらしいと、不確かな情報が入ってくる。

「あんない　スル　あしあとでわかる」

トゥルックが言い、馬に乗り現場に向かう。

アイヌの民も、弓に優れた二人がトゥルックの護衛に付いてきた。

ウェン・キングカムイが出たなら村の守りを固めねばと、他は急いで帰っていった。

トゥルックの馬の前では大きな黒い犬が、しっかりと守るように先頭を進んでいく。

よく飼い慣らされている樺太犬。羨ましい。大型犬、飼いたいんだよなぁ。

樺太犬、高[redacted]健さんの映画で憧れだった。

惚《ほ》れ惚《ぼ》れと見ている余裕はなく、馬がギリギリ通れる小道が続く森は、樺太特有のぬかるんだ道。もの凄《すご》く虫が多いことに苦しめられながら進む。

不明瞭ながら確かに馬の爪痕が続く。

黒い犬は臭いを嗅ぎ嗅ぎ、少し先に進んでは、振り向いて誘導しているように見えた。

こんな所を森に詳しい者も連れずに行くとは油断していたな、伊達政宗。

異国の地への興味が裏目に出てしまった。

これからの国作りに欠かせない男と思っていたのに。

このような所で死なせるわけにはいかない。生きていてくれよ。

森を奥に進むと木々に日光が邪魔され段々暗くなり、周りから多くの鳥の鳴き声、虫の鳴き声、獣の唸《うな》る声も微《かす》かに聞こえ不気味さを増した。

すると先を進んでいた犬が振り向き、一度だけ大きく吠《ほ》えた。

近寄ると腹を大きく食いちぎられた伊達家の家臣が二人死んでいた。

木の陰に微かに気配が。

「宗矩、その木の後ろ」

「はっ」

確認すると、今にも息が止まりそうなほど弱々しくなっている者が腹を左手で押さえ木にもたれて座っている。

指の隙間からは多くの血が、脈動の度にドプンッドプンッと吹き出る。

凄惨な光景に目を背けたくなるが、宗矩が馬から下りて、その兵士に歩み寄ると、

「奥州中納言様は、いずこに？」

その伊達家家臣は最後の力を振り絞ってへし折られた刀を握る右手をあげ東を指した。

「あとのことは任せなさい。必ず助ける。御免」

介錯《かいしゃく》。宗矩は首に短刀を滑らすように当て、頸動脈《けいどうみゃく》を静かに斬り、その者を静かに送った。

俺は手を合わせ、すぐに居直りその方向へ馬を走らせようとすると。

「トマって　ウェン・キングカムイ　ちかい　いき　かんじる　ちかい」

トゥルックは手を上げた。

トゥルックの愛犬は、その脇で一点を見つめ、うなり声をあげ警戒している。

それと同時に馬も気が付いたのか、歩みを止めた。

「皆、止まれ。馬が暴れ出す前に、その辺りの幹に縛って、火縄銃改散弾銃に玉を込めろ」

指示を出す。

物音を立てずに鶴翼《かくよく》の陣形になる。

静かに静かに、ぬかるみに歩みを進めると、木の陰に体長3メートルを超える巨大なヒグマの後ろ姿が見えた。

白く荒々しい息が機関車のように吹き上がり、血の臭いが強く風に乗って鼻に突き刺さった。

その時、後ろに縛っていた馬が鳴いて暴れてしまい、それに気が付き振り向いたヒグマが突進してくる。

「狙い定め、撃て！」

そのヒグマに向けられた火縄銃改の散弾が10発撃たれ細かく散った玉が飛んでいくが、森の木々にぶつかりヒグマに当たらない。

トゥルックも弓矢を構え狙いを定め放つがヒグマは右腕でなぎ払った。

玉が残っている銃が狙いを定め、二射目を撃とうと狙い始めた時には、そのヒグマは物陰に隠れていた。

巨体とは裏腹に素早い熊。

村を壊滅させるだけの、力と頭脳を持っているわけか。

「ウェン・キングカムイは　アタマ　いい　でてこない　このモリ　ホロケウ……オオカミもいる　チクリ　もいる　あぶない」

「チクリって確か肉食の大型のイタチだったな。それに狼《おおかみ》か。そうなると周りが見えなくなる夜までには片を付けねば。宗矩、少々無理をし急ぐぞ」

「はっ」

日が沈むまでに伊達政宗と合流する必要がある。

森が暗くなるのは早い。少々無理をせねばミイラ取りがミイラになる。

俺は愛刀をいつでも抜けるようにし、

「祓《はら》いたまへ～清めたまへ～守りたまへ～武甕槌《たけみかづち》大神《おおかみ》よ力を貸しあたえたまへ～」

祈りながら急いで進む。

先を進んでいたトゥルックの愛犬が『え？　私より先に進んでいるけど良いんですか？　御主人』とでも言いたそうな戸惑いをトゥルックに見せた。

ここまで来るとヒグマであろうと妖怪に近い。

村を襲い多くの人々を襲った熊、人の味という魅力に取り憑《つ》かれ悪鬼妖怪の道に入ってしまったウェン・キングカムイ。

ここで討ち漏らすわけにはいかない。

全力を使う。

「祓いたまへ清めたまへ守りたまへ幸与えたまへ鹿島の神宮におわします武甕槌大神よ、我に力を与えたまへ森に巣くう悪鬼を滅ぼす力を貸し与えたまへ」

握る愛刀・童子《どうじ》切安綱《ぎりやすつな》に神力を込める。

そして静かに静かに一歩ずつ森を進む。

犠牲者を出さないためには火縄銃改で遠くから射殺するのが一番理想的。

しかし、木々が邪魔をする。

接近戦なら俺か宗矩《むねのり》の太刀でしか相手をするのは難しいだろう。

先ほどの伊達家家臣だって伊達政宗の選ばれし精鋭のはず。

その刀がねじ曲がっているのは、並大抵の太刀筋では斬れないことを物語っている。

小声で合図を送り、人数を5人に減らし先頭を俺が歩き列の一番後ろを宗矩に守らせる。

言うことを聞いてくれないトゥルックは俺の前を行こうとする。

仕方がないか、父親の敵なら。

一歩一歩前へ木々を分け入りながら……。

1本の特別大きな木を通り過ぎたところで、俺のすぐ前を歩いていたトゥルックめがけて勢いよくウェン・キングカムイが襲い掛かる。

トゥルックの愛犬が足に噛《か》みつこうと勢いよく飛びかかるが、後ろ足で蹴飛ばされ、空中を飛んだ。

「うわぁぁぁぁ」

後ろに倒れ尻餅を突きながらもトゥルックは懸命に弓矢を構えるが遅い。

「邪魔をするな！　俺が仕留めてやる、宗矩、飛べ」

そう叫んで俺は、抜刀術で巨大熊の振り上げた右手を狙った。


【鹿島神道流、奥之秘剣・一之太刀・雷神】


雷のごとく素早い抜刀術に神力を組み合わせた奥之秘剣、これは鹿島神道流と陰陽師を極めた俺だからこそ使える技。

驚き後ろに倒れるトゥルックに襲いかかるウェン・キングカムイを一気に斬り付けると、熊の右腕が肩から落ちた。

神力を込めた一撃は、後ろのトドマツにも斬撃が届き倒れるほど。バサッと大きく倒れる音が森に響いたと思った瞬間、牙を剝《む》いたウェン・キングカムイは微動だにしないで立ったまま止まった。

後ろから宗矩が、木々を使って頭上高く跳び、真上から心臓をめがけて一撃、見事に貫き、ウェン・キングカムイは襲いかかる体勢で絶命した。

口から勢いよく血が吐き出され、倒れていたトゥルックに降り注いだ。

吐き出された血で真っ赤に染まったトゥルックは、顔の血を腕で拭うと、股をもぞもぞと押さえた。

滴るものは……仕方ないだろう。

若いのに頑張ったと、その瞬間は思った。

いずれは勇敢な狩人《かりゅうど》として成長するだろうが、若さ、経験不足は食べられる寸前の恐怖には勝てなかった。

いや、誰だって死の直前を悟ったなら恐怖を感じるはず。

馬鹿にすることではない。

上着を脱ぎ腰にそっと巻いてやると意外にも細い腰だった。

「気にするな」

「なっナンナの　アナタたちは　そんなほそいケン　で　ウェン・キングカムイ　コロスなんて」

トゥルックは失禁より俺たち二人の斬撃に驚いていた。

「まあ、このくらいの腕はないとな、うちでは人の上には立てないかな」

うち家臣に剣豪、多すぎるから。

俺自身が強くないと寝首をかかれそうなくらいの手練《てだ》ればかり雇っている。

懐紙で血糊《ちのり》を拭き取り納刀する。

ガクガクと震えていたトゥルックがよろめいたので受け止めると、お姫様抱っこになってしまった。

ん？　あれ？　あれれれれ？　なにか可笑《おか》しいぞ？　あれ？　匂いセンサーが働くぞ？

あれ？

「おろしてー」

暴れるトゥルックを仲間に仕方なく渡したところ、騒ぎが聞こえたとのことで、洞窟に避難していた伊達《だて》政宗《まさむね》と鬼庭綱元《おににわつなもと》が恐る恐る現れた。

「政宗殿、ご無事で何より」

「この熊は常陸《ひたち》様が？」

「ああ、宗矩と二人で仕留めた」

「そんな、私の刀をへし折った怪物だというのに」

伊達政宗も戦ったらしく、折れた刀を力強く握りしめていた。

「俺の刀は酒呑童子《しゅてんどうじ》退治に使われた刀と伝わる品だし、それに神力を込めて放つ俺の斬撃、熊ごときには防げないよ」

童子《どうじ》切安綱《ぎりやすつな》、織田《おだ》信長《のぶなが》から貰《もら》った名刀を愛刀としている。

名前にふさわしい剛刀は俺と相性が良かった。

妖魔退治に使えと渡されたが、初めて切る獲物が人喰《ひとく》いのウェン・キングカムイと名付けられた大熊になってしまった。

「さぁ、日暮れまでに帰ろう。血の臭いで他の獣も寄ってきそうだ」

伊達政宗救出は伊達家家臣４人の犠牲を出しながらも、なんとか無事に帰還できた。

人喰い熊を退治したあと、トゥルックは途中で無言の会釈をし村に帰って行った。

城からそう遠くない村に住んでいるらしい。

開拓の件は俺から出向いて再度、話し合わねば。

城に帰ると、

「うわぁ、マコなんか凄く汚い、臭いよ！」

「仕方ないだろ、森はぬかるみが多いんだから」

「小糸《こいと》ちゃん、小滝《こたき》ちゃん、マコに付いている獣の臭いと女の子の匂いしっかり洗い流してきて。ほら、マコ刀貸して、脂落としといてあげるから」

「あっ、うん頼む」

お江《ごう》は自分の小太刀の手入れもしているので刀の扱いに慣れている。

そして側室、一番安心して大事な愛刀を預けられる。

血や泥を落とすのに風呂に入ると、小糸と小滝が一生懸命洗ってくれ、いろいろと気持ちよかった。

戦いで燃えたぎった心も洗い流し鎮めてくれた。

「お江様はなんの臭い、嗅ぎつけたでした？　大納言様」

「熊だろ？」

「女の匂いがどうとか言っていたわよ。うわっ森でしてきたの？　でれすけ」

「するか馬鹿、っとに俺をなんだと思っているんだよ」

「茨城の種馬って呼ばれていたって聞いたっぺよ？　イヤらしいでれすけ」

「呼ばれていねぇ〜よ！　茨城の暴れ馬だかんね！　っとに誰に聞いたんだよ、びっくりだよ」

　風呂を出ると夕飯が用意されていた。

　熊を倒した武勇伝やら襲われた時の話などせず、沈黙の夕飯。

　まるで死んだ者達《たち》の通夜のようだった。

　そして、翌日に亡くなった者の遺体を回収。

　残念なことだが、やはり夜、獣が集まったらしい。

　それでも残された遺体を丁重に弔う。

　そこにトゥルックも参列してくれた。

　燃え上がる炎を前に、板部岡江雪斎《いたべおかこうせつさい》がお経を唱えた。

　弔いが済むと、改めてトゥルックと話し合いの場を作った。

「トゥルック、森を切り開けば獣たちとの接触が多くなるのはわかっている。だが、人が住む以上、この地の支配者にならなければ惨劇は続くぞ、第二のウェン・キングカムイだって生まれる。そうなればまた、犠牲は出る」

「わかっている　ならドウスル？　いたずらに　モリをきりひらく　ゆるさない　もりとともに暮らしてきた　それがワタシたち」

「わかった。アイヌ民の意思を尊重しながら、開発するところと保護するところに分けようではないか？　それに先に暮らしていた君たちから、この土地の恵み、この土地で生きる権利を奪うつもりなどない。樺太《からふと》を日本国として実効支配することが目的。土地は北条《ほう》の者が不自由ない暮らしが出来、軍備が整えられればそれで良い。南樺太の地なら住める気候だが北となると厳しい、作物が難しくなる。だから、そこは自然保護区に指定し開発をしないと約束する。それでは駄目か？」

南樺太なら工夫を重ねれば、作物の収穫も出来るが、永久凍土ツンドラが広がる北樺太は絶望的。

地下資源開発技術が確立するまでは入植しても、いたずらに森が薪となるだけ。保護区として、今はそのままにしておくのがベスト。

「たしかに　モリ　まもれる……　むらおさのハハと　あって　やくそくしてくれないか」

「それは勿論《もちろん》かまわない。こちらから願いたいくらいだ。明日、こちらから出向こう」

「あさ　むかえに　くる」

帰って行くトゥルックの後ろ姿を見送ると、

「ねぇ～マコ、あの子……」

「言うな。隠すにはなにか理由があるんだから口にしてやるな」

「うん、でもあの子だよね？　マコの匂いの元？」

「たまたまだ、たまたま抱き上げたから」

「ふぅ～んまぁ～良いけどさっ、寝首かかれないようにね」

「ないっつうの」

◇◆◇◆◇

《トカプチェプ・トゥルック》

父の敵を討つまでは男として生きようと決めていた。

それに卑劣な大和人の男達に襲われないようにと、母の言いつけで女であることを隠し続けた。

港に村を築き、城を築いたまでは勢いがあった北条の者は、ここでの暮らしに困窮し、冬が来ると段々弱っていくのが目に見えてきた。

そのまま諦めて、元の地に帰ってくれれば。そんな願いをしているなか、今までより明らかに違う船が接岸。降りてきた男達の目の鋭さ、がたいの良さ、明らかに北条の上を行く者。

森に入られたら……先を越される！　父の敵、ウェン・キングカムイはこの手で討つ。

火縄銃という、弓より優れた武具を大量に持った兵も見える。

このままでは絶対、先を越される。

そんな焦りをぶつけるべく城に乗り込むと、意外なほど若い男がとても偉いという。

その若い男は、黒坂常陸守真琴《くろさかひたちのかみまこと》と名乗り、私たちの話を聞く場まで作ってくれた。

しかも、私たちが怪しむと人質まで出して。

この時、理解が追い付かなかった。

なんなの、この男は？

大和人は皆、卑劣でなかったの？

北条は武力で私たちを脅してきたのに。

不思議。北条が当て馬で、優しさを見せ懐柔する、そんな手口だと疑った。

そして、その疑った男が父の敵ウェン・キングカムイを刀であっけなく一刀両断。

私も父同様に食べられそうになるところを火縄銃ではなく、腰に差していた刀で助けられた。

私はウェン・キングカムイに襲われた恐《こわ》さより、その男の陰に見えた神の姿に驚き、漏らしてしまった。

平然とウェン・キングカムイを始末したかと思うと、優しく皆に気付かれないように上着を腰に巻いてくれ、腰が抜けた私を抱き上げた。

この男、他の男とは明らかに違う。

この男になら抱かれたい。

いや、この男を抱きたいと思ってしまった。

直感が働いたと言うべきなのかも。

今まで女の心を捨てていたのに。

なにかが自分をその男の前でなら素直に見せるべきだと悟らせた。

囲炉裏《いろり》で燃える火を様々なことを考えつつ見つめていると、母様が静かに微笑《ほほえ》み、

「トゥルック、恋をしたのね?」

「母様……」

「連れてきなさい。私が精霊の声を聞いてあげるわ。その男は大和人なのね? 私があなたのために見極めてあげるわ。私は金毛人だったあなたの父に惚《ほ》れたのよ。私と同じね。その男も強く引かれる何かを持っているのね。それは精霊が結びつけてくれたのかもしれないわね」

「大和人は卑劣だと思っていたけど、その男は違ったの、母様」

「そう、そのような大和人もいたのね。私も会ってみたいわ」

精霊の声が聞こえる母様が、従うべき男と見極めたなら、私はあの男に抱かれようと決めた。

◇◆◇◆◇

次の日、約束通りトゥルックが迎えに来たので、最低限の護衛30人と宗矩《むねのり》を連れて村に向かった。

1時間もしないところにある村には、竪穴式《たてあなしき》住居を進化させた、白川郷などで見られる合掌作りをどことなく思わせる茅葺《かやぶ》き屋根で、壁も茅葺きの家々。あとからトゥルックに聞いたが『チセ』と言うそうだ。

冬の対策に特化した、寒さに強そうな家が並ぶ村。

その中でも少し大きなチセに案内される。

玄関となる小さな土間、その奥に30畳ほどのワンルーム、壁と座敷には模様が織り込まれた蓙《ござ》、その蓙はお洒落《しゃれ》だ。

模様には家紋の意味だったり、神『カムイ』を祀《まつ》ったり悪魔を祓《はら》ったりする意味など様々あると聞いたことがあるが、不勉強で申し訳ない。

真ん中に囲炉裏があり、天井から鮭《さけ》やニシン、鱈《たら》などが干してある。

「はいって　なかは　ハハ　だけ　襲う　ない」

「宗矩、玄関で待て」

「はっ」

護衛達は外で待たせ、宗矩は玄関で膝を突き警護をしている。

案内された中に入ると、40歳くらいでレスリング競技でもしていそうな、マッチョでがたいが良く、口に独特の入れ墨をしている女性が座っていた。

アイヌ民は女尊男卑と聞いたことがあるが、この女性は村長、族長を務めていた。

「ハハは　ヤマトことば　わからない　つうやくする」

トゥルックが族長である母親の言葉を通訳した。

『よくきてくれた　ウェン・キングカムイ　たいじ　かんしゃする』

「いえ、うちの友が危険だったので。それにあなた方の村も襲われたと聞いた。これ以上、被害が大きくなるのを見過ごすわけにはいかなかっただけで」

トゥルックの母親は静かに目を閉じ何かブツブツと唱え始めた。

「ハハは　せいれいの　こえ　きける　アナタをせいれいをとおして　みている」

「それは俺とも近いな」

「黒坂サマも　せいれいのこえ　きこえるのか？」

「精霊とは少し違うし、声が聞こえるわけではないけど、神仏の力を借りて妖魔を退治するからね。式神なら声も聞こえるけど、それは俺が作り出した使い魔だから精霊とも少し違うかな。自然に住まう精霊、大和人は神と呼ぶよ。自然神の信仰は一緒だね」

「黒坂サマのはなし　はんぶん　わからない」

目を閉じていた族長が目を開け、トゥルックに慌てたように何かを言っている。

「黒坂サマ　アナタは　なにもの？　ハハ　おどろいている　さきのせかいを　みているしっている　と」

シャーマンと言うのだろうか、アイヌ民の神官的な力を持っているのだろう。

「未来を確かに知っています。だが、その未来を俺は今、変えている」

「ワタシたち　アナタに　したがう　そう　ハハが　いっている　かえる　みらいのちからを　かすべきだと　ハハ　いう」

「俺はあなた方の文化を尊重し、共生という道を作りたい。あなた方を支配し根底から生活を変えさせようなどと思っていない。北条の者に開拓して良い土地、駄目な土地を伝え、力を貸して欲しい」

「ハハ　すべて　りょうしょうした　ワタシも　ハハのことばに　したがう」

トゥルックの手を取り俺が握手をすると、トゥルックは驚き手を引っ込めた。

「なにを　するか」

「ごめんごめん、仲直りの挨拶のつもりだったんだけどな」

「そうか　わかった」

トゥルックが手を前に出してくれたので俺は力強く握手をした。

華奢《きゃしゃ》な指のほっそりした手、温かな手だった。

そのやりとりをトゥルックの母親はにこやかに見ていた。

「ただし　ほうじょうの　かしん　ならない。黒坂サマのかしん　になる　ハハ　そういう」

「なら、俺の同盟者となってもらおう。あなた達を支配するつもりはないから。出来れば他の集落の人達にも交渉してほしいのだけど」

「ハハ　それもひきうけると　いっている」

「ありがとうございます。証《あかし》として書をしたためます」

俺は外にいる宗矩に紙と筆を用意させ、

『樺太《からふと》、千島列島、蝦夷地《えぞち》の先住民を黒坂常陸守真琴の名において、織田《おだ》幕府が治める日本国民と定める。

織田幕府に属する者に厳命する。

先住民を粗末に扱う者は黒坂常陸守真琴の名において許さない。

もし、粗末に扱う者あらば厳罰に処する。

先住民が住まう土地は、先住者と必ず協議の上、開拓するとし、武力での略奪を禁止する。

文化、風習、習慣の押しつけもしてはならない。

今までの暮らしを守りながら、お互いの発展に協力すること。

貿易・交易・商売は先住民に不利益にならないようにすること。

樺太、千島列島、蝦夷地の先住民は日本国民となることをこの書により了承したものとし、武力による反逆は黒坂常陸守真琴の名において許さない。

ただし、不満あるときは幕府に申し出ること。

幕府は善処するよう話し合いの場を設けることとする。

この約条は大和族の下に蝦夷《えみし》が入ることを意味しているのではなく『国』という名の下に一致団結を望むという意味である。

どちらが上で、どちらが下と表していることではない。

樺太、千島列島、蝦夷地の先住民は、異国から侵略あるとき、一丸となり日本国民として守ることを盟約の条件とする。

正三位《しょうさんみ》大納言《だいなごん》平《たいらの》　朝臣《あそん》黒坂常陸守真琴』

2通同じ物をしたため、トゥルックに通訳して貰《もら》い、トゥルックの母親と俺が血判をして、1通をトゥルックの母親に渡した。

『すべて　りょうしょうした　ほかの族へも　ヤクソクさせる　まかせろ』

トゥルックは、そう通訳をし、

「ハハ　カムイのこえ聞こえる　ほかの族も　ウヤマッテイル」

「それは巡り合わせが良かったかな」

「ハハ　シリコロカムイが　あわせたと　言っている」

「シリコロカムイ?」

「だいちの　神」

「大地の神の導きなら、しっかりと守らないとね。俺は神々との約束は絶対に違《たが》えないから。いや～争わないで盟約が結べてほんと良かった」

「カムイにかんしゃ　する」

トゥルックは母親の言葉を通訳すると、タマサイと呼ばれる首飾りを掛けてくれた。

「ハハが　トクイェ　友と　みとめた　あかし」

「ありがとうございます。あっ早速良いかな?　アイヌの方々が着ている衣服、売って欲しいのだけど」

「ハハ　ふく　くらいなら　あげる　といっている」

「いや、ここからは同等の交換で。それが同盟だよ」

「そうか　わかった　黒坂《くろさか》サマが着る?」

「うん、冬温かそうだから」

「ワタシ　丈　あわせて　つくる　かわりに黒坂サマ　きのうの　きもの　ほしい」

「それで良いなら構わないよ、先《ま》ずは物々交換からだね。あっ、それと、うちら大和人は、金がお金の代わりになるから、砂金を採ると良いよ。金となら様々な物が交換出来るから、それも不利益にならないようちゃんと調整させるから」

「コンカネ　か？　わかった　みなに　つたえる」

この日、正式にアイヌ民と対等な約条を結んだ。

トゥルックの母は他の村々、族長にそのことを知らせてくれた。

この同盟が後に『蝦夷先住民族と大和民族との和睦の証し』、そして多民族国家誕生として後に語られることになる。

幕府に蝦夷《えみし》との和睦を知らせると、何かと俺の顔を立ててくれる織田信忠《のぶただ》は、北条氏規《ほうじょううじのり》を従六位上樺太守《からふとのかみ》に、そして、トゥルックの母親を正七位下樺太軍監に任じてくれた。

◇◆◇◆◇

「大熊を一太刀で斬る強さ、そして、あの者達《たち》に畏怖される陰陽の力。私、あなた様に心底惚れました。だから抱きなさいよ」

「はぁ？　なんなんだよ急に。だったら今までの誘惑は何だったんだよ」

城に戻り執務に戻ろうとすると、部屋に入ってきた鶴美《つるみ》が三つ指を突いて唐突に言ってきた。

「黒坂家を乗っ取って北条を再び関八州の長にと……でも、もうそんなことどうでも良い。さぁ、私を抱いて、抱きなさい、抱かせてあげるわよ」

「言っていることが何か可笑《おか》しいぞ。それに昼間っからなに脱いでるんだよ」

着物を脱ぎ捨てる鶴美は、仁王立《た》ちをして胸を張る。

「私みたいな貧素な胸の娘じゃ起たないの？」

俺の両手を取り、左手を胸に、右手をツルツルの股に手を静かに持っていった。

「起つよ！　何やってんだよ！　姫だろ！　もっとお淑《しと》やかにしろよ」

「にへぇ、起つんだ？　なら、お種ちょうだいよ」

「わかった、わかったから手を離せ、ロリ痴女め」

バシッとデコピンを一発お見舞いすると、

「いたたたたたたたたたっ何するのよ」

「躾《しつけ》。それより着物着ろ」

「抱けないって言うの？」

「あぁ、常陸《ひたち》に帰るまではな」

「えっ、連れてってくれるの？　側室に貰ってくれる？」

「だから、側室にはするが、それは仮。茶々《ちゃちゃ》に会って許しを貰ったら正式に側室だ」

「ふ〜ん、織田信長《のぶなが》の姪《めい》だったわね？　尻に敷かれているんだ？」

「違うから、っとに。兎《と》に角《かく》、側室は茶々の許しを貰ったらな。みんなそうしてきたんだから。それと、お江《ごう》達と仲良く出来ないようなら置いていくからな」

「わかったわよ」

視線を感じて振り向くと、お江が天井に張り付いていた。

「うぉぉぉぉぉぉ、びっくりした。鶴美の裸に気を取られていたから気付くのが遅れた。お江は蜘蛛《くも》か！　蜘蛛子さんか！」

「な～に？　そのあだ名、やだ！　それより、やっぱりなるんだね、側室。まっ、なると思っていたけどね」

「惚《ほ》れられたら責任を取りたいかなと……」

「ふぅ～ん、姉上様に蹴られないように気をつけなよ、マコ～」

そう言うと、いつものようにしがみついてきたお江に対抗して、鶴美までもが腕にしがみついてきた。

このなんとも言えないロリ痴女がいつの間にやら面白く、可愛《かわい》く思えてきた。

最初は変な姫だと思っていたが、ここまで惚れられると情が湧いてしまう。

実に面白い姫で好きだ。

側室に迎えると、また一つ生活が楽しくなるだろう。

お江以上に甘える鶴美は必死に腕にしがみついていた。

「やめろ～重い～」

ロリ巨乳お江と、ロリ痴女鶴美にじゃれつかれていると、襖《ふすま》の陰から、ロリ褐色小滝《こたき》が恨めしそうに見ていた。

その後ろから小糸《こいと》が、

「小滝を泣かせたら私が許さないわよ、でれすけ」

「俺は無実だ〜〜〜……」

「大納言様は、下の毛ないほうが良いでした？　私、剃《そ》ってきます」

「小滝、そうじゃないから〜そのままで良いから〜」

◇◆◇◆◇

アイヌ同盟締結から2週間、樺太の紅葉は早くも色づき始めていた。

朝には霜が降り寒い。

そろそろ帰らなければ、いや、寒さから逃げたいと思い始めていると、留多加《るうたか》港で新しいドーム型住居を建てていた左甚五郎《ひだりじんごろう》から完成したと連絡が来たので見に行く。

同盟締結以来トゥルックは、何かあったときの道案内、通訳になると言って毎日城に通ってきている。

留多加港に行くと、新開発住宅が五軒完成していた。

三角形パネルを組み合わせたドーム型の家。

ドーム型は耐震耐風耐雪、大変優れた物だ。

「おっ、俺の設計図でちゃんと完成させるのだから流石《さすが》、左甚五郎」

「お褒めの言葉ありがとうございます。一工夫致しまして、パネルは二重構造にいたしたですぜ。中に干し草などを詰めて熱が逃げないようにし、建物中央に囲炉裏《いろり》を置くので、天井の煙逃がしを明かり取りにもなるように工夫しました。どうでい、どうです？　殿様」

「流石だ、流石、名工・左甚五郎だ」

中に入ると隙間風など感じない、囲炉裏の暖かさが逃げてなく体感で20℃はある。

だが、一酸化炭素中毒にならないよう換気はちゃんと出来ている。

この絶妙加減を形にするからこそ、名工・左甚五郎。

「ふしぎ　あたたかい　かぜ　はいらない　そして　あかるい」

トゥルックもおどろいていた。

トゥルック達の家『チセ』は、冬対策で隙間が出来る限り塞がれている。

そこに雪が積もればさらに暗くなる。

囲炉裏の火が暖と灯《あか》りになる。

だが、左甚五郎作ドーム型住居の明かり取り&煙逃がしは、冬場でも光が入り障子を雪から守るように上手《うま》く工夫され、下から紐《ひも》を引けば開く窓になるよう滑車が付けられていた。

名工・左甚五郎の名は伊達《だて》じゃない。

「この家の造りを樺太の地の基本構造として広めようと思う。もちろんアイヌの者達にも教える。活用してくれ」

「かんしゃする　これが　はってん　すると　いうことか」

「これは進化するってことかな？　生活を便利にするかな？　甚五郎、伝授は大丈夫だな？」

「もちろんでごぜえます。北条の大工達に厳しく教え込みましたから。冬場は、この建具の細工を作るように教え込んでありますってんだい」

「なら、今年は帰ろう」

「はい？」

甚五郎に続いてトゥルックも、

「かえるのか？」

寂しげな困惑の表情を見せている。

「マコは寒くなると使い物にならなくなるよ。それこそ熊みたいに冬眠しそうになるもん」

お江が言うと甚五郎は握った左手の拳をポンと右の手のひらに当てて、

「なるほど、寒がりの殿様、はははははっ」

わかったみたいだった。

「かえる　そうか　かえるのか」

寂しげに言うトゥルックの表情に、心に何かが突き刺さった。

それをお江は凝視している。

お江、お前の目は時折、鷹《たか》のようになっているから気をつけなさい。

鷹に睨《にら》まれる丹頂鶴、そんな構図に周りは、どうしてお江様はアイヌの少年を睨んでいるのだろう？　と困惑していた。


ドーム型住居から外を覗《のぞ》くと雪虫が風に乗って舞い散り冬の到来を忠告してくれていた。

北の大地の秋はほとんどないに等しいくらい早く通り過ぎた。


その晩、ふと夜中に目が覚め廁《かわや》に行った後、少しだけ庭に出て星空を見上げていると、

「よかった　ねがい　ツウジタ」

「夜中にどうした？」

「黒坂サマ　連れて行きたい場所　アル」

「ちょっと待って、仕度するから」

俺と毎日話しているおかげか少しずつ日本語が上達しているトゥルック。

「だいじょうぶ　すぐ近く、ワタシを信じて」

トゥルックが手をギュッと握ってきたので、刀だけを手に取り外に出た。

佐助《さすけ》達の気配はするから見守っているのはわかったが、まぁ良いだろう。

城から15分も離れていない林の中。

小さな洞窟に案内され、人一人ようやく通れる穴に屈《かが》んで入った。

まるで熊が冬眠にでも使うような小さな洞窟。

「せまっ」

「がまんして　せまい　いりぐちだけ　ワタシしか　知らない　ひみつのおんせん　ある」

洞窟を進むと、上はポッカリと空いて月明かりが湯気と乳白色の泉を照らしていた。

神秘的な泉は、RPGに出てくる回復スポットのように見える。

「黒坂《くろさか》サマといっしょに　入りたかった」

「……良いのか?」

「ワタシ　黒坂サマ　スキ　抱かれたい」

「くぁ～萌《も》え～……」

……男装の美少女、トゥルック。お江ですら最初に城に来た時、少女だと気が付かなかったのは身に着けていた毛皮の匂いのおかげかな?

皮の帽子を取るとパサリと音をさせるかのごとく、三つ編みの金髪が腰まで垂れた。

そして、衣服を肩からバサリと落とし、しっかりと巻かれていた胸のサラシのような布を緩めると、足下に落ち、文様が施された腰巻きと表現して良いのだろうか？　下着も足下に落ち一糸纏《まと》わぬ姿を見せた。

　貞操観念は大和民族より、アイヌ民族のほうが厳粛に守る価値観、文化があると聞いたことがある。

　それは厳粛に守られ、男性同士でも川での漁や風呂では必ず下着は着け、もし見えたとしても見えなかったとして振る舞う。

　そして女性は女系の先祖から貞操帯、ちょっとイメージしてしまうヨーロッパの貞操帯とは違うが、腰巻きのような物を巻き、守るという。

　それが今、目の前で取られたのだから、トゥルックの最大限の告白。

　サラシに窮屈に締めつけられていた胸は『プルン』と音をたてそうな形の良いロケット型のおっぱい。『プルン』どころではない『ばいん』と音がしそうなくらい。

　よく隠していられたな？

「おんな　隠して　きた　大和人　こわかった　でも　黒坂サマ　好いてしまった　おねがい　一緒に……」

「ありがとう。そう思ってくれたことが本当に嬉《うれ》しい。出来れば、連れ帰って正式に側室として迎えてからにしたいが」

「ワタシは　ここで　生きたい　でも、抱かれたい　黒坂サマ　ワタシの初めての人　おねがい」

ウルウルとした目で見つめられると、それに応えたいと高まってしまった。

今まで必ず茶々の許しを貰《もら》うまで手を出さなかったのだが、連れ帰ることが出来ないトゥルック。

トゥルックの強い覚悟を前に、その誓いを破り願いを叶《かな》えたいと思った。

少しずつ芽生えていた友情は愛情に変わった。

「素直な気持ちを見せてくれたトゥルック、好きだよ」

洞窟の温泉は湯気が立ち込め、白い肌に入った腕の入れ墨を月明かりが幻想的に照らし、女神が舞い降りたのかと思わせた。

この温泉がその神秘性をさらに強め、そこでとても美しいトゥルックと……まるで何かの儀式をしているのでは？　そう思わせる入浴となってしまった。


「黒坂サマ　痛い　あのとき　みたいに　やさしくだいて　痛い　痛い　いたいって」


事が済むと、トゥルックは見事な口琴ムックリを聞かせてくれた。

似ている音と聞かれたら三味線と答える。

だが津軽三味線より優しい音色、細い板状の単純な楽器なのに強弱があり複雑な音色。

心地よい演奏に洞窟の壁に生えている蕗《ふき》の葉下でコロポックル？　小人の精霊達《たち》が踊っていた。

コロポックルって、あの日本が誇るアニメ映画で首をコロコロ鳴らすキャラクターに似ている。

もしかして、これがモチーフなのだろうか？

あの不思議な山に住んでいそうな出《い》で立《た》ちの監督なら見たことあるのかもしれないな。

コロポックルが喜んでいるのは、トゥルックは気が付いていないみたいだったが演奏は続いた。

「トゥルック、やはり俺に付いて来ないか？」

正式に家族に迎えたくて聞いたが、トゥルックはポッカリ空いた空間に見える見事なオリオン座を見上げ、微笑《ほほえ》むだけで明確な答えをくれない。

「住み慣れた土地、仲間達、母親を残せないか？　トゥルック、ならば、俺の大切な小太刀『名刀・正宗《まさむね》』を、俺がトゥルックを家族として認める証拠として受け取って欲しい」

鞘《さや》に抱き沢瀉《おもだか》の家紋をあしらった守り刀を渡すと、

「かぞく……　ありがとう　たいせつにする　でも　このこと　ふたりだけの　ひみつ　アイヌ　おんなをおかす　重いバツ　ワタシ　黒坂サマ好き　だから　だかれたいと　おもった　だけど　みんな　かんちがいする　ムリヤリされたと　だから　みなには　ひみつ」

「いや、正式に家族として娶《めと》りたいから、お母上に説明するし、婚儀もするけど？」

「いいの　この　ひとなつの　おもいでに　なるかも」

「そんなことはないって。俺は側室、家族に迎えた者はずっと平等に」

「いいの　ワタシ　ここで　生きる　だから　そのことは　もう　言わないで」

胸に抱きついてきたトゥルックと、もう一度。

「ちがう　やさしく　だいて　ほしい　痛い　いたいって……」


空が明るみ出した頃、俺は何事もなかったように物音を立てずに帰り、眠りに戻った。


「マコ～明け方までどっか行ってたでしょ？」

「ちょっとお忍びの散歩、自由がないからさっ」

「ふ～ん、そういうことにしといてあげる」


あとでトゥルックにアイヌ民族の貞操観を詳しく聞いたところ、婦女暴行罪や姦通罪《かんつうざい》の罰は重かった。

耳や鼻を削《そ》ぐなどして社会的抹殺するとのこと。

うちでは明確な婦女暴行罪は磔《はりつけ》の刑にしているので、通じるところはあるな。

しかし、トゥルックとの仲を誤解されて鼻を削がれたくない。

絶対に宗矩《むねのり》達が刃を向けるだろうが、無駄な争いを生まぬよう『郷に入っては郷に従え』ここはトゥルックの言う通りにしておこう。

樺太《からふと》には今後も来るつもり。いつか説得して家族に迎えられれば良い。

早くも11月になってしまった。

北の大地は11月ともなれば完全に冬だ。寒い。帰り仕度をせねば。

農政改革を任せてある幸村《ゆきむら》の所に向かうと、小屋でうなだれていた。

「あっ、御大将、お出迎えもせずに申し訳ありません」

「良い良い、それよりどうした？　うなだれて」

囲炉裏《いろり》の横に座り薪で火をつつきながら言うと、

「流石《さすが》に今年は収穫駄目でした。蕎麦《そば》も全滅です」

「思いのほか霜、降りるの早かったからな。北の大地、一夏で作物をっとは流石に甘かったな。残念だが、今年はもう常陸国《ひたちのくに》に帰ろうと思う」

「寒いのですね」

「ああ、寒い」

「はははははっ、御大将らしい、はははははっ」

力が抜けたように幸村は笑っていた。

「ははは、寒がり御大将、ははは。ですが来年、来ますよね？　でなかったら私は残りたい。この地で実らせなければ」

槍《やり》を鍬《くわ》に替え、農政改革に燃えたぎる男、真田《さなだ》幸村。

「ああ、必ず来る。これからの季節は雪に覆われ大地は凍る。何もできなくなるからな。幸い、今年は運んできた穀物と小滝《こたき》達が作った兵糧丸で冬は北条《ほうじょう》の者も困らないと言うし帰ろう。俺達が残ればその分、食料が必要になる。帰れば俺達の食《く》い扶持《ぶち》だけ余裕が出来る」

大量に運んできた穀物類は逗留《とうりゅう》の間に使ったが、それでも多く残った。

それをそのまま北条への救援物資として置いていく。

「来年も必ずお供して収穫してみせます」

真田幸村、史実歴史線上は大坂の陣で徳川家康《とくがわいえやす》を苦しめたくらいしか活躍しなかったが、うちでは農政改革に燃える男になっている。

その功績は大きく、常陸国の収穫は年々増え今では、石高で表すなら200万石を超えている。

元々、賜っている領地は約70万石と見積もられていた地なので、倍増どころではない。

さらに、下野《しもつけ》が森力丸《もりりきまる》の領地となり、石灰を多く安定的に採掘する見込みがたったのと、少々ほったらかしとなっていた茨城北部も、伊達政道《だてまさみち》が五浦《いづら》城城主となったことで、幸村流農政改革を取り入れ、大北川付近で多くの人足を雇い一気に開拓を進め始めている。

家臣達に任せておけば、うちの収穫量はさらに増えるだろう。

「一旦帰って、寒さ対策などを練り上げよう」

「わかりました。常陸の田畑も気になりますので」

1年目の収穫はゼロ。

何も採れなかったが、これ以上いても食い扶持が増えるだけ。

帰り支度を始めた。


11月中旬になると雪が降り出した。

「黒坂サマ　これでも　ことしは　おそいです」

トゥルックはそう言うが、11月でガッツリ積もる。流石、樺太。

そうなると俺はもう、活動停止だ。

農業だってなにも出来ない。

お江《ごう》と鶴美《つるみ》は樺太城の庭で雪合戦をしている。

いつの間に仲良くなったのやら。

俺はトゥルックがくれた狼《おおかみ》の毛皮にくるまる。

「御大将、出港の準備、整いました」

宗矩が知らせてきたので、北条氏規《うじのり》と板部岡江雪斎《いたべおかこうせつさい》に帰国を告げた。

「来年の春にまた来る。アイヌ民との約条をしっかり守り、そしてこの冬を乗り切ってくれ」

北条氏規にいうと、

「この度のあの半球体の住居が素晴らしく、常陸大納言様に助けを頼んだのは、まさに神様のお導きというところでしょうか」

「そう言ってもらえると嬉しい。もし、神社を建てるなら鹿島神宮分社をお願いしたい」

「すぐに建てましょう」

「そう焦らなくても良いから。また来年と春に来る。やり残した農政改革をする。次こそは必ず実らせたい。北条に樺太に住むことを強制したのだから、飢えに苦しまれ滅びるようなことになったら夢見が悪いからな」

「はははははっ、この北条、そう易々《やすやす》とは滅びません。しかし、どうか北条の血、残していただけるよう、鶴美のこと、お願い申し上げます。どうか、どうか、北条の血を」

「出来る限りのことは」

　俺が見送りに出てくれる北条氏規と共に留多加《るうたか》港に向かうと、港ではトゥルックが木の蔓《つる》で作られた籠を持って待っていた。

「黒坂《くろさか》サマ　コレ　友好の　あかし　ワタシのあいぼうのこども　貰って　育てば　身を守ってくれる」

　籠を差し出してきた。

　中を見るとフワフワムクムクの真っ白と真っ黒の子犬が2匹入っている。

　お江が、

「うわ～可愛《かわい》い～」

早速、抱きしめてペロペロと洗礼を受ける。

「樺太犬がな？　ありがとう、大切に育てるよ。俺の子供達も喜びそうだ」

トゥルックは俺の手をぎゅっと握りしめてきた。

「また、来年の春、来るから元気でな」

声をかけるが何も言わないで目を見つめてくるトゥルック。

綺麗《きれい》な瞳に5分ほど固まってしまうと、お江が、

「小糸《こいと》ちゃん小滝ちゃん、マコを力尽《ず》くでも船に乗せて」

小糸と小滝が両脇を摑《つか》む。

「でれすけが衆道に目覚めた？」

「そんな、大納言様、私たち夜伽《よとぎ》頑張るでしたから、目覚めないでくださいです」

「小糸ちゃん小滝ちゃん、トゥルックちゃんは女の子だよ」

「「え？」」

二人がトゥルックの顔をマジマジと見つめると、トゥルックの白い肌は真っ赤に染まった。

「でれすけ、まさか！」

「小糸ちゃんもう良いから、ほら船に乗るよ」

お江が腰に抱きついてきて、俺は後ろにズリズリと引っ張られて船に乗ることになってしまった。

「お江、なんで別れを邪魔するんだ」

「もう、また、増えるじゃない。今回は増えないようにって初姉上様《はつあねうえさま》からキツく言われてるんだから。鶴美ちゃんは北条の人質としてしょうがないとして、トゥルックちゃんとの秘密の逢《あ》い引《び》きは見なかったことにしてあげるから帰るよ」

「え？　なんだって？」

聞こえたが聞こえていないフリをするためラノベ主人公の名言を真似《まね》してみた。

「もう、良いの。ねぇぇ、ワンちゃん」

お江は2匹の犬を抱きしめた。

食べてしまうのではないかと思うほどのディープキスを子犬としていた。

船は雪景色した樺太を後にする。

鶴美は涙ぐみながら、港に向かって手を大きく振っていた。

政宗《まさむね》一行は亡くなった家臣の魂に向け静かに合掌していた。


10日間の帰国の船旅は北風に愛されたのか波は荒かったが順調に進み、仙台で伊達政宗を下ろして鹿島港に帰港。

船中で政宗は家臣を熊に噛《か》み殺され、自身は命辛々逃げたことの後悔を口にした。

「常陸様、また誘ってください。拙者も常陸様のように、いかなる獣も一太刀で斬り伏せられるよう剣の道を極める所存。家臣をあのような熊ごときにやられたのは、この政宗一生の不覚」

「あまり気落ちしないよう、そして無理はしないで」

「はっ、しかし、父から常陸様は出羽《でわ》三山で修業したことがあると聞きました。私も出羽の山に入り、自らを高める所存」

そう意気込んでいた。

伊達政宗、今回の旅で一皮剝《ひとかわむ》け成長したようだ。


鹿島港には、織田信長《おだのぶなが》の専用南蛮型鉄甲船の姿はなかったが3隻が停泊していた。

入港すると、力丸が迎えてくれる。

「お帰りなさいませ。留守中、常陸国は何事もありませんでしたので、旅のお疲れをおとりください」

「それは良いが、この残っている3隻はなんだ？」

「上様が常陸国の守りに残していく、旧型艦だから気にするなと」

「それは、俺に3隻くれるってこと？」

「なんでも、兵も年齢を重ね異国への長旅には耐えられなくなった者達《たち》を２００名ほど残していくとのことで、御大将の不在時、常陸国の、いや、北の守りの要にせよと申しておられました」

40代後半から60代前半くらいの兵士達が整列して、

「上様より、常陸大納言様の下で働けと仰せつかりました。よろしくお願い申し上げます」

　確かに異国への長旅は辛《つら》そうだが、近海警護ならなんら問題なさそうな現役バリバリの船乗り達。

「なるほどな、また、樺太に行く予定だから海の守りが薄くなる。ちょっと南蛮人といざこざもあったし南蛮の商船も常陸の港には出入りする。牽制《けんせい》と守りにこの船は必要。皆、家臣として雇う。港の守りよろしく頼んだ。それとうちの生徒達に航海術を伝授して欲しい」

「はっ、しかとお役目を全う致します」

　3隻を纏《まと》めている長が言った。


俺が保有する南蛮型鉄甲船は6隻となった。

信長は俺があっちこっちに出向くようになると考えたのだろう。

いや、そうさせようとしているのかもしれない。

だいたい、織田信長がいるときに北条氏規が茨城城に来たのはタイミングが良すぎると今になって思う。

未来の知識を使って未開拓の日本の地を発展させせよ！

そう信長は言いたいのだろうと推測した。

直接言わなかったのは、家臣でない俺に選択の余地を与える為《ため》だったのでは？　そんなことを考えていると、

「あっ、やはりまた増えてますね」

力丸は鶴美を見て呆《あき》れていた。

「北条氏規の娘だ、察しろ」

「御大将、いつの日か初の方様に刺されないことを祈っております」

何も持たぬ手で刺す真似をする。

「止《や》めてくれ。洒落《しやれ》じゃすまないから」

「ハハハッ、まあ大丈夫だとは思いますが旅のたびに増えないようにご注意ください。批判があがりますから」

「う、うん」

曖昧な返事をした。

帰国の挨拶に鹿島神宮に参拝した後、茨城城に帰城。

帰路の馬上から常陸《ひたち》の景色を見る。

１５９０年師走になり、旅立つときは青々としていた筑波山《つくばさん》も紅葉の残りの葉で茶色に変わっていた。

茨城もすっかり冬だ。

◇◆◇◆◇

《鶴美》

やっと、関東に帰って来られたわ。

やっと、あの極寒の劣悪な地から関東へ。

相模《さがみ》、小田原《おだわら》に戻りたいのは流石《さすが》に叶《かな》わない夢？　いや、常陸様が謀反を起こせば。

「鶴美ちゃん、野心は捨てた方が身のためだよ」

「え？」

「今、マコに謀反を起こさせ小田原を我が手に、なんて思ったでしょ？」

「うっ……」

「マコ、黒坂真琴《まこと》はねぇ〜、織田信長が作る世界を見てみたいと思っているんだよ。だから、神様からお借りした知恵を貸し、織田信長を陰から支えている。謀反は絶対にないよ。同じ国で民が戦う、それをなくそうとしてきたのに謀反を起こそうなんて野心あるわけないじゃん」

「神様の知恵？」

「これからマコと一緒に暮らすのだから言っておくわ。マコの言動は理解できないことも多いけど、それを詮索しては駄目。そして、他家、実家に手紙で知らせようものなら私、遠慮なく斬るからね」

満面の笑みで語るお江の方の目は、漆黒の闇のようで背筋が震えた。

「実家に手紙送る手立てもないのに無理」

「そっ、なら良いけど。ねぇ～もし、小田原に帰りたいとか思うなら率直に頼んでみなよ。今、相模を治める徳川家康《とくがわいえやす》はマコのこと心酔しているから、多少の無理は聞いてくれるよ。例えば、小田原に北条の菩提寺《ほうじょうのぼだいじ》を建てて、そこで暮らすとかね。そのくらいのことならマコから頼めるよ」

「この歳《とし》で落髪は……家の為にも、常陸様の子を産みたい。常陸様の子を産めば少なくても北条の血は残せる」

「な～んだ、マコに惚《ほ》れた鶴美ちゃんは結局私達と一緒かぁ。私達も子が出来れば『浅《あざ》井《い》』の名を残すのが許されているから」

「あっ……」

「鶴美《つるみ》ちゃんが産んだ子に北条の名を継がせてマコの家臣とすれば、城の一つくらいは下総《しもうさ》とか北条の旧領地に持てるんじゃないかな？　そのくらいの野心で抑えておきなね」

「わかったわよ」

黒坂真琴の正室、側室に浅井長政《ながまさ》の三姉妹。織田家に恨みがあるはずなのに、謀反を起こさせようとはしない。

そのことに気が付いた今、自分の野望がついえた。

私の考えが甘かったか。

◇◆◇◆◇

茨城城のいつも変わらぬ萌《も》え萌《も》えな城の門を抜けると、茶々《ちゃちゃ》達が左右に分かれ迎えてくれた。

「お帰りなさいませ」

茶々が言うと側室皆が頭を下げ出迎えた。

約4か月ぶりの帰城だが、皆の元気な姿に安堵《あんど》する。

「お江《ごう》、あれほど目を光らせておきなさいと言ったのに」

お初が言うのは鶴美を見たからだった。

「まっ、想像していたよりは少なかったわね」

「お初、俺が何人も連れてくると思ったか？」

「だって、姉妹を側室にしまくってるのはどこのお方？」

「うっ、」

ぐうの音も出ない。

「まぁ、北条氏規《うじのり》殿の娘なら仕方がないわね！　歓迎するけど、いつまでも抱きついていないで。側室になるなら約条は守っていただきます。あなたも、鹿島神宮に神文血判を納めていただきます」

うちの側室達は皆、側室が毎夜交代制であり、抜け駆けをしないことを神に誓っている。ラララとリリリも例外ではないが、誓う神は信仰を尊重してハワイの神だ。

そんな出迎えに鶴美は怯《おび》え、俺の腕に抱きつきながら、背中に隠れようとしている。

なんだ？　実は内弁慶か？　お初が恐《こわ》いか？　わかるぞ。

「お江様より恐い」

「何も取って喰《く》おうなどと思ってません。真琴様が迎え入れると決めたなら私達は従うだけのこと。真琴様は女性には優柔不断ですから仕方ないのです。さぁ、そんなに怯えないで」

茶々が俺に蔑むような視線を送りながら言っている。

いつも以上に寒い。

「常陸様から聞かされております。夜伽《よとぎ》の順番を守る神紋血判状、ここに用意しております。ただし、私は鶴岡八幡宮《はちまんぐう》に納めていただきたい。いえ、納めていただくようお願いします」

「げっ、あっちこっちの神社にそれが行くと未来に残る可能性が……だが、信じる神を否定は出来ない。くぅぅぅ、仕方ないか」

「真琴様が納得しているなら私は一向に構いませんが？」

「これは茶々が決めた約条だから茶々に任せるよ。鶴岡八幡宮なら本多正純《ほんだまさずみ》を通して徳川家康に送れば間違いなく納めてくれるはずだし……約条を破ったら八幡大菩薩も敵か……うっ」

八幡大菩薩に誓った鶴美の約条に俺も名前を連ねて書き、本多正純に届けさせた。

鶴岡八幡宮宮司は『夜伽順番誓約書』に驚いていたそうだ。そりゃそうなるよ。

しかし、境内に小さな蔵を造り永久に残るよう取りはからってくれるらしい。

なんか、どんどんイヤな予感がするぞ。

平成まで、紙食い虫頑張ってくれよ！

そんな未来への不安が頭をよぎる中、

「キャン」

「キャン」

籠から樺太犬《からふと》2匹が顔を出すと場が一気に和んだのがわかった。

「ワンワン？」

武丸《たけまる》と彩華《いろは》と仁保《にほ》が駆け寄って来た。

3人は抱けないので一番早かった彩華を抱き上げる。

「ちちうえさま、ワンワン」

「そうだよ、樺太の友達に貰《もら》ったんだよ、タロとジロだ」

「そうだよ、タロとジロだ。樺太犬と言ったらタロとジロだ。誰がなんと言おうとタロとジロだ」

俺はあの高○健さんの名作映画で涙した。

だからこそ、犬には付けたい名前。

「マコ〜船の中でも言ったけど、その名前ありきたりで可愛《かわい》くないよ〜」

お江はなんだか気に入らないらしいが、決めたことだ。

「ほら、武丸、彩華、仁保、お前達《たち》の友達だぞ、一緒に仲良く遊ぶんだぞ。そして、しっかり世話もするんだぞ」

3人は籠にいるタロとジロに手を出し甘噛《あまが》みをされながら困惑していた。

「友達から貰った？　友達ねぇー、どうせ女なんでしょう？」

お初《はつ》は鋭い。

「マコから離すの大変だったんだよ。金色の髪の毛で、空色の目なんだよ、肌も白く凄《すご》く綺麗《きれい》な人だったよ」

「お江、チクるのやめて」

俺は側室達が睨《ね》めつけてくる視線にますます寒さを感じた。

俺の体感では今、茨城城は樺太より寒かった。

背筋がゾクゾクとする。

「たろ？　じろ？」

自分の城の温泉に入ってようやくその寒さから解放された。

《鶴美》

気持ち悪い装飾、なんなの、この城？　え？　こんなふざけた城なのに、小田原城並みの巨城？　しかも、攻めてくる敵に銃口を向ければ死角なし？　もしもの時は、湖に脱出して対岸の城、もしくは鹿島の港に逃げられる？　なんなのよ、こんな美少女ばかり彫られているのに計算され尽くされた城って！

あっ、あの装飾の子、私に似ているかも。

胸、小さい……。

「ん？」

城を見て回っていると、後ろを10歳くらいの女の子が付いてきた。

「あなたたち、学校の子？」

「学校も行ってるけど、ひたち様の側室。ねぇ～与祢《よね》ちゃん」

「そうだよね～千世《ちよ》ちゃん」

「はぁぁぁぁぁぁあ！　こんな幼子が側室？」

困惑していると、

「遅いので迷っているのかと思いました」

小滝《こたき》が私を捜していた。

「小滝の方、この幼子達は常陸様の側室なのですか？」

「あ〜千世ちゃんは能登守《のとのかみ》様の姫で、与祢ちゃんは黒坂《くろさか》家家老山内《やまうち》様のご息女。二人とも16になったら側室に迎えられるお約束をしているでした」

「16？」

「大納言様がお決めになったことなので私には理由がわからないでした。ですが、女性の体を心配してと茶々の方様が教えてくれたでした」

「そっ、そう」

ふざけた装飾と、女子の体を心配する優しさの矛盾に頭が追い付かなかった。

計り知れぬ男、流石、織田信長《おだのぶなが》の軍師と言われるだけあって、ねじ曲がっているのね。

こんなことで、器の違いを感じされられるってなんなのよ、あの男！

◇◆◇◆◇

茨城城に戻ってきて執務作業に戻る日々。

左甚五郎《ひだりじんごろう》は笠間《かさま》稲荷《いなり》神社山門建設中で自分の配下に任せているのが気がかりだと言って笠間に戻っていった。

「美少女狐《ぎつね》、続きを彫らねば」

何かの聞き間違いだろう。

真田幸村《さなだゆきむら》は樺太の寒さ対策を考えると言って自分の城、高野城に戻っていった。

柳生宗矩《やぎゅうむねのり》は鹿島城で新しく配下に加わった南蛮型鉄甲船3隻の乗組員達と連携がとれるようにするため鍛錬に励むと言って鹿島城に帰った。

そんな茨城城はいつもの生活に戻る。

武丸、彩華、仁保は小さいながらも一生懸命、樺太犬のタロとジロの世話をし、那岐《なぎ》と那美《なみ》はタロとジロに仲間だと思われているのか顔をペロペロされては泣いている。

やはり、子供と動物の接触は良い。

人間は古来より、犬を相棒として生活を共にしてきているが、それは遺伝子に染みついているのではないかと思わせる雰囲気を感じる。

台所では桜子《さくらこ》達が陣頭指揮を執り、正月のおせち料理を大量に作っている。

俺は帝《みかど》に食肉を解禁していただくため、釈迦如来《しゃかにょらい》の誕生日、盆と春秋の彼岸の食肉禁止を約束し、それを幕府が法度として公布した。

だから、正月は対象外でいつも通り食肉はできるのだが、食肉の解禁を奨励した者としては、敢《あ》えてそれより厳しく自粛する日をもうけなくてはならない。

そこで、黒坂家では元日は生き物を食べない精進料理とした。

さらに、三箇日の殺生は控えるようにした。

だが、なにげに俺は日本国ナンバー4の地位にいる。

そして、東国では一番偉い。

そんな俺の城には正月ともなれば多くの者が挨拶に来る。

そんな者達を料理自慢の黒坂の名に恥じぬよう、もてなそうというのが桜子達。三箇日に殺生しなくて良いよう重箱にいっぱい料理された肉を詰めていた。

ありがたい。

俺は今年も安土《あづち》に登城せねば、と考えていたが信長が信忠《のぶただ》に俺は「樺太で寒くなるまで仕事をしてくるはずだから休ませてやれ」と進言してくれたらしく、上京しなくてよいことになったと、安土と行き来している力丸《りきまる》が教えてくれた。

今年は茨城城で新年が迎えられる。

なにげに織田信長は優しい。

そんな信長は艦隊の再編制が整い、冬になると琉球《りゅうきゅう》方面に旅立ったらしい。

織田信長、実は俺と同じく寒がりではないのか？

南蛮伝来のマントを愛用しているあたりそんな気がする。

できるなら、俺も北ではなく南に行きたかったな。

そんなことを考えていると毎年恒例の餅つきが中庭で始まった。

今年は忙しかったな、正月くらいはゆっくりしよう。

寒冷地の農業についてなにか策を考えないと。

そう言えば、ふしぎ発見で海外の高地で稲作指導した人の特集していた回あったなぁ。

確かネパールの高地で稲作指導をして成功させた先生特集だったような。

それを必死に思い出す。

水を温める工夫をするとか、稲に風が当たらないようにするとか対策して成功していたはず。

しかも、機械、ボイラーなどを使わない原始的な方法で。

東北地方で冷害対策に行われている『深水栽培』と、静岡県の『石垣いちご』の栽培のしかたを組み合わせていた。

正確には思い出せないが、石を用いて水を温めることで冷害対策をしていた気がする。

『畦《あぜ》を高く作る
黒い石を敷き詰めた水路に水を通すことで太陽熱で水を温める
温泉の熱を利用して田畑を温める
稲は津軽や南部の品種を使う』

うろ覚えの知識で案を書いて、高野城に送る。

樺太を冷害対策の実験地として力を入れるのは、いずれ来る『マウンダー極小期』と呼ばれる史実江戸期の寒冷期対策にもなるからだ。

絶対に飢饉《ききん》を起こさないために、取り組まねばならない。

「難しい顔して根をつめ過ぎるとまた体、壊すから、はい、小糸《こいと》に入れて貰った葛湯。体温めなさいよね」

「ありがとう、お初」

「ねぇ～樺太、楽しかった?」

「楽しいってことはっ、あちっ、うわっまた変な薬草入りだな、不味《まず》いが、悔しいが内臓が温まるのを感じる」

「ふふふふふっ、苦いのわざと作って貰ったんだから」

「なんでだよ!」

「正直に言いなさい!　もう一人抱いてきましたわね」

「……はい」

「馬鹿、姉上様との約束くらいちゃんと守りなさいよ。側室何人でも認めてあげるから」

「え?　良いの?」

「諦めているのよ、馬鹿」

「ごめん」

「次行ったらちゃんと連れ帰りなさいよね」

「いや、断られたんだよ、実は。ちゃんと側室に迎えたいって言ったんだけど、村で生活を続けたいって」

「そう、そういう娘も当然いるわね。しかし、ちゃんとけじめは付けてきなさい」

「わかっているって。だからその証《あか》しに、宝にしていた俺の家紋が入った『正宗《まさむね》』を置いてきたんだから」

「だから腰になかったのね！　名刀大好きな真琴《まこと》様なのに不思議だったのよ」

「正直に茶々《ちゃちゃ》に言ったら怒るかな？」

「もう、お江《ごう》から聞かされて呆《あき》れていたわよ。でも、私が預けた者には絶対に手出ししなかったってのも聞いて、『真琴様がその約束を守っているなら他の者と色恋沙汰になるのは良しとします』ってね」

お初《はつ》が預けたと言うのは東住《とうずみ》と名付けた姉妹のことだ。

茶々との約束は、学校の生徒や出身者に手を出さないということ。

それだけは絶対に守っている。

「茶々、優しい～」

バシッ
お初に力一杯背中を叩《たた》かれた。

「痛いって」

「浮気は二度と許さないわよ。ちゃんとすることとして側室に迎えてください」

「ごめんなさい」

「武甕槌《たけみかづちの》大神《おおかみ》に代わって、お仕置きよ」

鉄砲を撃つ仕草をするお初の目は笑っていなかった。

次は本当に撃たれそう。

《鶴美《つるみ》と初夜》

鶴美は北条《ほうじょう》の人質の側面が強いことを理解した茶々は、側室として受け入れてくれた。

婚儀をあげ、その夜、寝室に行くと鶴美は素っ裸で仁王立ち、

「あのな、なんで素っ裸なんだよ？」

「これからするんだから当然じゃない」

「当然じゃないと思うぞ？」

「刃物持っていない証拠よ！　お江様に忠告された。寝所に刃物を持ってきたら斬るって。もう、あの時の殺気といったら、オシッコちびり……げほん、首にもう冷たい短刀を当てられたのでは？って思えるほど恐《こわ》かったのよ。だから、ちゃんと見て、ね！　なんにも持っていないでしょ？」

くるりと回って、手のひらも見せてきた。

よほどお江の目に当てられたのね。

「わかったから、っとに風邪、ひくなよ」

そう言うと、鶴美は布団脇に正座して三つ指を突いて、頭を深々と下げた。

「私は、北条の人質、どうかこれからも北条を助けてください。私は正直、貴方様《あなたさま》が憎うございました。ですから、この体で虜《とりこ》にして利用しようと。しかし、お美しい側室様ばかり、それにみんな優しく笑いの絶えない城、さらには学校などという身分の低き者まで保護し教育する場所。織田《おだ》家の鬼は、仏で……不動明王様、そんな貴方様に心底惚《ほ》れました」

「不動明王か、そんな大それたものではないけどね。ほら、風邪ひくから布団に入って。俺も鶴美は変な姫だと思ったけど、面白いから好きだよ」

布団に招き入れると、鶴美の体は冷え切っていた。

「もう、こんなに冷えて、ちょっと風呂行くよ」

「え？」

「良いから風呂入って温まるよ。ほら、俺も一緒に入るから」

「はい」

……。

「常陸《ひたち》様、このようなところで、私、初めてなのに、うわぁぁぁぁ、痛い痛いです、痛いって言ってんのよ～」

「ごめんなさい、不器用なもので」

城自慢の露天風呂に一緒に入ると、満月に映し出された鶴美の白い雪のような肌のちんまりとした胸が、大好きだった大福のようなアイスクリームにそっくりで、ついついがっついてしまった。

本当に、ごめんなさい。

「うぅぅ、私、初めてはお布団の上が良かったですぅぅぅ、うぅぅぅ、もっと優しくして欲しかった、痛かったですぅぅぅ」

鶴美が翌朝、朝食の場で泣きながら口走ったせいで、しばらく皆から白い目で見られてしまった。

「本当、慣れるまで痛いから優しくって言っても、がっつくわよね！　少しは優しくしなさい」

お初にウリウリと股間を蹴られたのは……ご褒美だったが黙っておこう。

《森坊丸長隆《もりぼうまるながたか》》

力丸から手紙。なるほど、双子も忌み嫌う必要がないのは、未来の医学知識であるということか。

ならば、これも幕府として法度を出さなければ。

しかし、あの時命じられて買った下女が、今では黒坂《くろさか》家の台所を支える役付きなのは不思議な縁。手紙を読んでいると本能寺の乱の後、上様に命じられた時のことを思い出した。

……

「坊丸、女子を見繕ってこい」

明智《あけち》光秀《みつひで》の残党を討ち滅ぼし、安土《あづち》に帰ると上様に唐突に命じられた。

上様は言葉が少なすぎる、何が目的？　上様が抱く？　いや、御側室様方がおいでになる？

新しい側室が欲しいなら家臣の娘を召し出させるはず。なら女子は何のため？

「顔つきは異国人のように目が大きく鼻も高い方が良かろう。あやつの袋に入っていた怪しげな人型の飾りが南蛮人のようであったからな、好きなのであろうのう。胸も大きな女子が良いのであろう。だが、ふくよかな娘ではない」

「あっ、黒坂様の御側《おそば》に仕えさせる下女ですか？」

今のは黒坂様が持っていた袋に入っていたビードロとも木や金属とも違う不思議な材質の人型の物。

黒坂様に返したときに『ふぅ～お宝の「きぃほるだぁ」も無事で良かった』と呟《つぶや》いてい

たが、その物で上様は黒坂様の好みと判断したのであろう。

「そうだ、何の話をしていると思った？　儂《わし》ではない。あやつに女子をあてがう。少しは気晴らしになるだろう」

「確かに、お一人で心細きかと……しかし、私では女子の善《よ》し悪《あ》しはわかりません」

「そうか。なら利家《としいえ》の甥《おい》が大層な女子好き、遊び人と聞く。その者と買って参れ」

「はっ」

前田慶次《まえだけいじ》、安土の街でも有名な歌舞伎者。

前田利家様も手を焼いているとか。

前田邸に出向くと、前田利家様の奥方、松《まつ》様が、

「慶次ですか？　戦から帰ってからは毎日、昼間っから飲みに行っておりますわよ。困ったもので。上様の命で下女を買いに行かねばならぬのですか？　確かにそれなら慶次は適任……確か、城下の鯨屋という少しいかがわしい店を根城にしていると聞いています。坊丸様のお若さで、そのようなところに行かせるのも……」

松様は口ごもるが、これも大切なお役目、どこにだって行かねばならぬ。

しかも、諸事情を知っているのは俺たち兄弟と、弥助《やすけ》。

弟の力丸《りきまる》は明智残党の襲撃で療養中、兄上は上様の側で常に働いている。

口数が少ない弥助では務まらないだろう。

俺しか出来ない役目。

「上様の命ですから間違いなく遂行しなければなりませんのでお気遣いなく。わかりました。その鯨屋とやらを訪ねてみましょう」

安土の城下は明智光秀の謀反騒ぎが嘘《うそ》のように賑《にぎ》わいを取り戻していた。

これも上様の御健在が知れ渡ったことが大きいのだろう。

「きゃ～可愛《かわい》い～ぼく～筆おろしに来たの？　お姉さんがお相手してあげる」

「なにがお姉さんよ、三十路《みそじ》のおばさんが。ねぇ～私が優しく教えてあげるわよ」

体を売る者が集まる歓楽街に来てみると、白粉《おしろい》臭い女子が寄ってたかって誘惑してきた。

「鬱陶しい。上様、織田信長《のぶなが》様の命にて来ておる。邪魔をするな。鯨屋はどこぞ？　前田慶次殿はどこにおるか知らぬか？」

「織田様の……若いのに大変ね～、前田様なら、ほら、あの店よ」

上様の名を出すと集まってきた女子が散らばったが、一人が教えてくれた。

歓楽街の中でも一際大きな店。宿屋の看板を出していたが中に入ると、女子と酒の匂いが充満しており、むせかえるほどだ。

「御免、織田信長様近習《きんじゅ》、森坊丸と申す。ここに前田殿が逗留《とうりゅう》していると聞いたのだが？」

「へい、前田様なら奥で、どんちゃん騒ぎを」

上がらせて貰《もら》い、案内された部屋に行くと？？？　え？

「能登守《のとのかみ》様、なにを！」

女子20人ほどを侍《はべ》らせて裸踊りをしている前田利家様の脇で、義理の甥である噂《うわさ》名高き前田慶次が太鼓を奏でていた。

城や戦場で何度か顔は見ている。

「お～坊丸、貴様も飲め、ぬはははははっ、酒は良いそうだ、ここの女子は良いぞ、ひくっ、誰か坊丸の筆下ろしの相手をしてやってくれ、ひくっ」

「うわ～酒臭っ、能登守様、上様の命にて来ております。っとに、奥方の目を盗んで、このように遊興していたとは歌舞伎者の名は健在でしたか」

「ひくっ、松にはないしょだぞ～ひくっ」

「能登守様はそのまま遊んでいてください。用は慶次殿にございます」

慶次は太鼓を叩く手を止めると顔より大きな杯になみなみと注《つ》がれた酒を一気に飲み干して、煙管《きせる》を咥《くわ》えた。

「あっしになにか用ですか？」

「女子を買うのに付き合って貰いたい。これは上様の命、従っていただく」

「へぇ～上様が巷《ちまた》の女をねぇ～」

「奉公させるのは黒坂常陸介《ひたちのすけ》様」

慶次は煙管をパシッと叩いて灰を落とすと、

「……あの噂の男に？」

「いかにも。上様の命の恩人に相応《ふさわ》しき女子を必要としている。まだ初娘で胸は大きく、だが太っておらず、目は大きく、鼻筋も通っている異国人のような顔立ち、そして身の回りの世話をさせるので働き者が良い」

「かぁ～注文多いね、坊丸さんよ～。しかし、心当たりあるよ。三姉妹だ。出来れば揃《そろ》って買ってやりたいが値が高くてね。異国受けする顔だって南蛮商人が値をつり上げたんだ。付いてきな」

慶次はそう言うと、先ほど一升近く一気に飲んだはずなのに、しっかりとした足取りで、歓楽街の奥の店に案内した。

看板には『東乃都屋』と書かれていた。

「へい、いらっしゃいってまた、前田のかい。あんた買いもしないのに出入りしてほしくないね」

緑の着物に、どぎつい化粧をした醜い目を持つ妖怪？　首には南蛮商人からでも買ったのか、銀色の首飾りがギラリと光る。

「あぁ、違う違う、あっしじゃない。今日は上様の客人を世話する者を買いに来たから金はある。なぁっ坊丸さんよ」

「くっ、無責任な。まぁ確かに金に糸目は付けぬ。良き女子がいれば買い取る」

「へぇ～、良い客連れてきたじゃないか。でっどの娘を買いたい？」

奥の竹で作られた牢屋《ろうや》に近い劣悪な環境で、20人はいるであろう若い娘達《たち》が震え上がっていた。

戦で負けた敵方の者達などの行き場所。

村からさらってきた娘などもいるだろう。

「奥のあの三姉妹なんだが、どうよ」

「……悪くない顔立ち」

「雪里《ゆきさと》のおばば、あの3人買わせて貰うぜ」

「あれは南蛮商人がすでに買った娘達」

「へぇ～上様の命に逆らうって言うのかい？　雪里のおばば」

「うっ……」

「ここで商売出来なくなるどころか、織田領内に住めなくなるな。上様の耳に入れば首だって危ういかもな、雪里のおばばよ～」

「わかったわよ、その代わり南蛮商人に色付けて金を返すんだから高くつくよ」

交渉は前田慶次が脅しを交ぜ上手《うま》くしてくれた。

「金なら、城に取りにくるが良い。これは前金と、約条の証文」

手持ちより遥《はる》かに多くの代金となってしまったが、確かに中々いない顔立ち。

ここで求めておかねば。

牢屋から出されると、3人はぷるぷると震えながら身を寄せ合い固まっていた。

「お願いします。どうかどうか妹達だけでも助けてください」

長女と思われる者が地面に額を擦《こす》らせるようにして懇願してきた。

「織田《おだ》信長様、近習、森坊丸と申す。3人して、とある方に仕えて貰いたい。身を差し出すのは、そのほう一人で良かろう。夜伽《よとぎ》は出来るか？」

「はい……したことはございませんが、妹達のためならば出来ます。この身を差し出せば、それが叶《かな》うなら」

「うむ、恐《こわ》い方ではない。そう恐がる必要はない。幼子にも優しきお方だ。ただ、妹達には飯炊き掃除洗濯身の周りの世話をする者として働いて貰うぞ」

「妹達も一緒なら、この身をその方に捧《ささ》げて働かせていただきます」

そう言うと、一番幼い娘が大泣きを始めた。うわぁぁぁぁぁぁぁぁぁぁぁぁぁぁ
「姉様と一緒、姉様と一緒に暮らせる。うわぁぁぁぁぁぁぁぁぁぁぁぁぁぁ」

すると、もう一人も大粒の涙を流しながら長女の袖をがっしりと摑《つか》んだ。

「なっ、3人離ればなれにするのは可哀《かわい》そうだろ？」

俺たちの言動で姉妹纏《まと》めて買われることと、酷《ひど》い扱いを受けることがなさそうで羨ましく、それを妬む気持ち、これからの不安、私たちはどこに売られるのだろう？　どんな生活になるのだろう？　様々な思いの詰まった視線が牢に残されていた娘達から感じられた。

その視線はあまりにも強く、応えてやらねばとなぜか感じてしまい、

「残りの娘達は森家の下女として雇う。他も買わせて貰う」

3人の涙、そして残されようとしている娘達の視線を見てしまうと不憫《ふびん》に思え、買うとついつい言ってしまった。

兄上様の家、我が屋敷、そして力丸の側に仕えさせる者として、なんとかなるだろう。

「くぁ～良い男連れてきたね、前田の～。これからもひいきにしておくれよ」

　雪里という妖怪おばばは、にやりと笑った。

　その笑みは、自分が儲《もう》かればば女子達がどうなったって良いと言っている闇を抱えた笑みに見えた。

　腹黒い笑み、二度と見たくないものだ。

　店を出て娘達全員を一度、蘭丸《らんまる》兄上様の屋敷に連れて行くと、兄上様は呆《あき》れていたが、兄上様は長浜の城を任せると上様から内々に命じられていると言うので、人手は欲しかったから良いと雇ってくれると言う。

「それで、この3人が黒坂様にねぇ～、こういう顔がお好きなのか？　私はのっぺりとした顔立ちのほうが好きだがな」

「私もです、兄上様」

「おい、3人、これからお前達が働く屋敷は黒坂常陸介真琴《まこと》様の屋敷。そこで見聞きしたこと、一切の口外を禁ずる。それを守れるか？」

「え？」

　震えながら桜子《さくらこ》という者が聞き返した。

「茶々《ちゃちゃ》様方も出入りするだろうし、やはりどこかの家中の娘などのほうが良いのではないか？　坊丸《ぼうまる》」

「上様からは買ってこいと」

「始末しやすいからかのう？」

「そう思いますが」

「あの、お話しのところ申し訳ございません」

「ん？　なんだ？」

「茶々様とは、あの浅井家《あざい》の姫君様で？」

「そうだが、それがどうした？」

「私たちの父は下級でしたが浅井家に仕えておりました。父はお殿様に大変良くしていただき、浅井家に忠誠を誓っていました。そして私たちには何があっても浅井家の為《ため》に働けと常々申しておりました。そんな父の教えを破ることはありません」

「茶々様がお慕いになっている方の為なら忠誠を誓えると申すか？」

「はい、亡くなった父に、いえ、御上《みかみ》神社に誓って」

「そうか。坊丸、良い娘達を見つけてきたな」

「慶次殿のおかげで」

「前田慶次殿か、いずれ黒坂家《くろさか》で召し抱えられるだろうな」

「え？　そうなので？」

「黒坂様の知識で出た召し抱えたい武将の名に入っていたからな」

「あははははははっ、これも奇縁ですね」

「いや、神が上様を、そして黒坂様を手助けしているのであろう。おい娘達、すぐに黒坂様の屋敷にあがらねばならぬ。身なりを整えよ」

「はっはい」

三姉妹を黒坂様が住むことになる元明智《あけち》屋敷に連れて行き力丸《りきまる》に受け渡した。

……

あの時の三姉妹が、正室同様に黒坂様に扱われ黒坂家の重役と同等になり、人買いをなくすきっかけになるなんて、あの時は思わなかったな。

これからもあの三姉妹はきっと、黒坂様を支えていくのだろう。

あの時買った娘達が、俺たち三兄弟の側室として支えてくれているのを見ると、他人事《ひとごと》ではないか？　自然と頬が緩んだ。

あとがき

『本能寺から始める信長《のぶなが》との天下統一6』読んでいただき、ありがとうございます。

まず、初めに本作で登場する『アイヌ』『蝦夷《えみし》』『樺太《からふと》』の事で申し上げておきます。

今回書いた物語に差別を肯定する意図は全くありません。

同じ日本国に住む仲間を差別する、その事は恥ずべき事であり、あってはならないと思っています。

人気の北海道や樺太を舞台にしている漫画のように、専門家と相談しながら書いた物語ではないことをあらかじめ申し上げておきます。

その為《ため》、『アイヌ語』も、読みやすさを優先させていただいています。

長い日本の歴史で大和民族に北に北にと追いやられ、厳しい自然と闘い生き抜いている民として書かせていただいています。

もし、不快に思われる表現などがございましたら、不勉強を認め申し訳なく思います。

私自身、30年ほど昔、家族と行った北海道旅行で、アイヌの文化を受け継ぐ方々が作る木彫りや織物などに子供ながらに感動したのを覚えています。

3・11の大震災で、その旅行で買った物を失ったのが残念です。

出来れば、この6巻を書く前に北海道の資料館などで、自分の目を通して学び触れたかったのですが、この御時世、それは厳しく非常に残念。いずれ必ず行き、作品に生かしたいと思っています。

そして、今回、梅子《うめこ》出産を機会に唐突ですが、ラストに桜子《さくらこ》達《たち》がいかにして買われてきたか？　ＷＥＢ版で好評だったショートストーリーを掲載いたしました。

これから少しずつ、このように登場人物の過去も書き加えたいと思います。

樺太開発《後編》を予定している７巻で、皆様にお会いできることを願っています。

常陸《ひたちの》之介《すけ》寛浩《かんこう》

アイヌ語参考
『公益財団法人 アイヌ民族文化財団』単語リスト（アイヌ語・日本語）ホームページ参考

OVERLAP

本能寺から始める信長との天下統一 6

発　　行　2021年8月25日　初版第一刷発行

著　　者　常陸之介寛浩
発 行 者　永田勝治
発 行 所　株式会社オーバーラップ
〒141-0031　東京都品川区西五反田 8-1-5
校正・DTP　株式会社鷗来堂
印刷・製本　大日本印刷株式会社

Printed in Japan ISBN 978-4-86554-976-8 C0193